SEIS HÉROES REALES

ANTONIO FLÓREZ LAGE

SEIS HÉROES REALES

Primera edición: mayo de 2018

Depósito legal: GC 532-2018
ISBN: 978-84-09-02036-2

Impreso en España / *Printed in Spain*

«Sé amable, pues cada persona con la que te cruzas está librando su ardua batalla».

Platón

Se hablará de su acción durante muchos años, pasarán a la eternidad, cambiarán la historia. Están en la azotea de un edificio, en un barrio humilde situado a las afueras de la ciudad. La ropa colgada ondea con fuerza sobre las viejas cuerdas de tender, algunas pinzas ya se han caído y hay prendas dispersas por el suelo. Sienten frío y no es debido al viento gélido del atardecer, es la mezcla de nervios y ambiciosas expectativas la que hace que sus manos no lleguen a calentarse.

—Nos miran con desprecio. Se creen superiores dando lecciones de moralidad, pero luego son falsos, hipócritas, interesados y cobardes. Nosotros ya no tenemos nada que perder y estamos dispuestos a dar nuestra vida, aceptamos el sacrificio frente al egoísmo. Ellos no creen en nada más allá del dinero, no saben luchar, no pueden, no quieren; prefieren conservar a toda costa sus vidas complacientes y acomodadas...

—Todo eso ya está hablado —interrumpe el líder con su vozarrón grave—. La cuestión a decidir hoy es cómo atacaremos, definir exactamente la actuación para causar el mayor daño posible. Tiene que ser algo eficiente y sencillo; si buscamos un plan complicado, cualquier elemento puede fallar. No quiero nada espectacular, no quiero que lo habléis con nadie fuera del grupo y, sobre todo, no quiero búsquedas en internet ni conversaciones por teléfono que puedan delatarnos. Aprovecharemos lo que tenemos a mano, junto con nuestras habilidades, para sembrar más dolor del que puedan soportar. Nosotros ya nos hemos cansado de sufrir, ahora lo harán ellos. Van a pagar caro todo lo que han hecho. Seremos héroes, haremos historia.

UN AÑO ANTES DEL ATENTADO

Tomás Crespo Cedeira

La mañana ha empezado mal y va a terminar peor, todas las pequeñas decisiones que va tomando Tomás lo dirigen inexorablemente hacia esa maldita dirección en las afueras.

Está de mal humor. Se ha levantado pronto y ha salido sin desayunar para evitar verla. Ni aguanta a su mujer ni le apetece conducir, lleva demasiados años trabajando. Ha vivido el crecimiento de las flotas de taxis, el alquiler de licencias, los niñatos del GPS, los ilegales y la competencia desleal con las nuevas fórmulas de transporte compartido; eso termina quemando a cualquiera. Aunque está harto, no puede jubilarse porque eso implicaría pasar todo el día junto a su esposa y ella lo saca de quicio con su insidiosa manipulación y sus reprimendas continuas. El carácter de Carmen, que nunca ha sido fácil, ha empeorado con la reciente enfermedad de su madre. Jamás aprueba lo que él hace, a la mínima oportunidad se queja. Si come mucho, protesta; si come poco, también; le molesta que hable y también que permanezca callado; que diga que sí y que no. Siempre lo está atacando para lograr lo que desea. Cuando las niñas vivían en casa, Tomás lo llevaba mejor, pero ahora cada vez le resulta más difícil soportarla. Guarda mucho rencor acumulado y la enfermedad de su suegra ha sacado todas las injustas comparaciones a la luz.

Cuando llega a la parada, hay un coche ocupando parte del espacio reservado para los taxis. Mira al conductor con mala cara y toca el claxon. A pesar de que tiene que haber oído perfectamente el bocinazo, el otro intenta disimular para ganar tiempo. ¡Está muy equivocado si cree que va a salirse con la suya! Se coloca justo a su lado, pita con insistencia y mueve el brazo enérgicamente mientras grita.

—¡Aquí no puede quedarse!

—Estoy esperando. Es solo un momento.

—Está dentro de la parada. ¿No ha visto el cartel? —pregunta con enfado.

El tipo se hace el remolón, pero al final retrocede ligeramente mientras mira hacia arriba y niega con cara de paciencia infinita. ¡No dejan trabajar a la gente honrada y encima protestan! ¿Dónde están los policías cuando hacen falta? Tomás observa que el conductor ha movido el coche lo justo para salir de la zona prohibida, pero no lo suficiente para que él aparque con comodidad. ¡Parece que lo está haciendo aposta! Su enfado va en aumento, pero no desea esperar más, así que aparca con habilidad y rapidez a pesar del poco espacio disponible. Al finalizar la maniobra, ve a los compañeros con el periódico abierto —seguro que están discutiendo sobre fútbol—. Después del partido de ayer, van a estar tocándole los huevos sin parar durante todo el día. ¡Carajo! Hoy no está de humor para chorradas. Todos los del eterno rival son unos fanáticos: su equipo es el más favorecido por los árbitros, ¡y encima se quejan! ¿Cómo pueden estar tan ciegos?

Empieza a chispear y su humor empeora todavía más. La previsión del tiempo no daba lluvia para hoy, ayer mismo lavó el coche. ¡Son unos malditos inútiles! Lo único bueno es que ya ha encontrado la excusa perfecta para quedarse dentro del taxi y no escuchar las sandeces de nadie. Aun así, uno de los taxistas se acerca sonriente a saludarlo.

—¿Qué pasa, Tomás? ¿Viste el partido? —pregunta con sorna.

Él sube la ventanilla, hace un gesto con la mano y señala al cielo. No va a salir del coche. El otro insiste, pero él reclina el asiento hacia atrás y entorna los ojos.

Está muy cabreado, su vida es una mierda. Su suegra lleva con fiebre un par de semanas y la caradura de Carmen ha tenido la osadía de intentar meterla en casa pese a que él tiene a su madre en una residencia. ¿Una en casa y la otra no? ¡Ni hablar! Tomás nunca quiso ingresar a su madre, pero Carmen se negó a que viviera con ellos; decía que era demasiado trabajo cuidar de una anciana con alzhéimer y de las niñas, y el piso era muy pequeño para cinco personas. Aunque su madre mostró una grandeza de espíritu encomiable, y en los momentos en que estaba lúcida le decía que hacía lo correcto —no deseaba ser un estorbo para nadie—, a él le dolió dejarla tirada. Quiso convencerse de que meterla en la residencia era la única posibilidad, pero le quedó un hondo pesar. Al principio, apaciguó su mala conciencia con visitas diarias, pero la verdad es que luego se fueron espaciando. Aunque hace tiempo que no acude entre semana, el ratito que pasaban juntos los domingos era inamovible, hasta la enfermedad de su suegra. Ahora ya no tiene tiempo ni para eso, desde hace dos semanas no la ve. Ha llamado a la residencia, pero hablar con ella por teléfono es una labor frustrante e inútil. Tiene la sensación de estar cuidando más a su suegra que a su propia madre, y le duele.

Cuando sus hijas se fueron de casa, de nuevo intentó traer a su madre, pero Carmen volvió a poner impedimentos. Decía que no le convenía salir de la residencia, allí estaba tan bien cuidada... Ahora, le irrita especialmente todo aquello. No sabe lo que va a pasar con la madre de Carmen, pero tiene claro que en su casa no se queda. No puede seguir traicionando a los suyos... Sin embargo, todavía no ha dicho nada, prefiere esperar a ver qué pasa. Lo mismo su suegra mejora, puede que haya suerte...

Con la lluvia, la gente usa más taxis y el turno en la parada avanza rápido. Hace una buena carrera y, para celebrarlo, decide darse un descanso y desayunar en su bar preferido. Aunque da un amplio rodeo para llegar, no le importa porque no le apetece nada volver a la parada y hablar de fútbol con los compañeros. Ese será su penúltimo error del día, pero él no es consciente.

Entra en el bar y pide café con leche, un par de porras y un periódico que no sea deportivo. El penalti fue injusto y no quiere leer nada más sobre el asunto. Le gusta desayunar solo, tranquilo. En casa no puede porque, aunque hace mucho tiempo que no escucha realmente a su mujer, sus reprimendas no le permiten un minuto de paz. Cuando se trata de Carmen, nunca dice lo que piensa, se limita a buscar la respuesta adecuada y escoge siempre lo que sabe que ella desea.

Es mejor complacer que discutir. Tiene la impresión de que llevan juntos desde hace demasiado tiempo... Se casaron cuando eran tan jóvenes que no sabían nada de la vida. Sus dos hijas han sido más listas y se alegra, no terminarán tan amargadas. Una vive sola y la otra con su novio. Puede que no le dure mucho, como los anteriores, pero nunca se sabe. Tener un nieto le haría mucha ilusión, podría jugar con él, llevarlo al parque... Si se jubilara tendría mucho tiempo libre... Pero no hay nieto y no puede jubilarse.

Paga la cuenta, sale del bar y sube malhumorado al taxi. Le cuesta trabajo sentarse. Tendría que hacer deporte; cuando era joven nadaba y era bueno: ganó un par de medallas. Si se apuntara en la piscina municipal, podría recuperar la forma física y adelgazar un poco, pero seguro que su mujer se enfadaría. Casi puede oír sus protestas.

Va distraído y no ve al chico con la mano levantada hasta el último momento. Detiene el coche de forma brusca mientras, por el retrovisor, comprueba instintivamente que no viene nadie detrás. Cuando se sube al taxi, descubre que es un marroquí y no le da buena espina. La dirección que le indica está en las afueras; podría ser otra buena carrera, pero no se fía.

—¿Tienes dinero?

—Sí.

—¿Me lo enseñas?

—¿Les pide a todos que enseñen el dinero o solo a los moritos? —pregunta el otro enfadado.

El chico parece que va a bajarse, pero al final saca su cartera y le muestra un billete de cincuenta euros.

Tomás permanece inmóvil unos instantes, dudando antes de poner en marcha el taxímetro.

—¿Me vas a llevar o no?

Al final, cede de mala gana. Esta vez sí es consciente de que está cometiendo un error, pero no hace nada para remediarlo y eso le enfurece. Puede que haya sido una mala idea recoger a gente por la calle en vez de volver a la parada, solo lo ha hecho para evitar hablar de fútbol con los compañeros. Antes se movía por la ciudad, cargando y descargando continuamente: eso es lo más rentable, aunque sean trayectos cortos; pero se hace viejo y en la parada se forma un buen grupo de compañeros veteranos, con ellos está a gusto... Menos cuando pierde su equipo, claro. Sus hijas trabajan y ya no necesita tanto dinero, su mujer y él se apañan con poco. Ella le recrimina que gana menos, pero si alarga un poco la jornada también se queja. Es insoportable. Tiene claro que ella no va a meter a su mamaíta en casa, aunque lo intente. O las dos o ninguna.

Hay atasco. El chaval va mirando al teléfono móvil y parece inofensivo. Quizá se ha equivocado, con la edad se está volviendo desconfiado...

Retoma sus pensamientos. Podría separarse, pero le da pereza. ¿Con quién se va a ir ahora? Con una jovencita no podría estar, las nuevas generaciones de varones ayudan en casa —planchan, ponen lavadoras y todo eso—; lo sabe por sus hijas y por los comentarios de los taxistas jóvenes. Él fue educado de otra manera. Carmen tiene mil defectos, pero no se le ocurriría pedirle nada así. ¡Y cómo cocina! No, la solución es pasar más tiempo en la parada con los compañeros. Se ve obligado a dar un volantazo, un inútil acaba de cambiarse de carril sin poner el intermitente. Pita y le da un grito, la gente ya no sabe conducir...

Están llegando a la dirección indicada y mira frecuentemente por el retrovisor para ver la cara del chaval. Busca algún gesto, algún indicio de que va a salir corriendo sin pagar; pero el chico permanece tranquilo, ensimismado con su teléfono.

—Necesito que me indiques dónde es exactamente.

—Gira a la derecha por esa calle de allí, luego a la izquierda.

Sigue las indicaciones del chaval con inquietud y desconfianza. Han llegado a una calle sin salida...

—Es aquí.

El chico se quita el cinturón de seguridad y se incorpora ligeramente para sacar la cartera, pero lo que saca del bolsillo es una navaja.

—Dame todo el dinero.

Irene Freire Andrés

Está en la sala de espera del hospital, nerviosa, estresada y agobiada; le gustaría que esta vez le dieran por fin un diagnóstico, pero no confía mucho en ello. Hay demasiada gente allí dentro, multitud de madres esperan impacientes la llamada del médico. Su niño no se está portando nada bien, no para de moverse y va tocándolo todo con las mismas manos que se llevará a la boca dentro de poco. Su irritación crece por momentos. No debe ensuciarse en un sitio lleno de gente enferma, donde las bacterias y los virus campan a sus anchas, ya se lo ha dicho varias veces. No le hace ni caso, como siempre.

—¿Cuántas veces te he repetido que dejes de tocarlo todo? —pregunta con ira contenida.

El niño no contesta, se limita a mirarla con cara de bueno y se sienta en una silla cercana. Aguanta quieto menos de un minuto, luego se levanta y empieza a alejarse lenta y disimuladamente. Ella mira el reloj: es casi la una y está exhausta, lleva todo el día corriendo. Prisas en la ducha, gritos para que el niño desayune, forcejeos para vestirlo a tiempo, sudores en el garaje mientras abrocha las correas de la incómoda silla y atasco hasta llegar al cole. Luego se ha visto envuelta en un embotellamiento todavía mayor camino de su trabajo; parece que todo ha sido por un accidente. Nada más llegar, le ha dado salida a un par de asuntos urgentes y ha vuelto a toda velocidad al colegio para recoger al niño y llegar a tiempo a la cita del hospital. Su marido no ha ido hoy a la consulta. Esta mañana tenía una reunión muy importante y se ha largado a primera hora como un señor: sin sudar, sin gritar y sin pelearse con el niño. Nunca está cuando lo necesita.

Tras dejar el coche a toda prisa en el aparcamiento, ha llevado al nene agarrado de la mano, tirando literalmente de él para llegar puntual a la cita. Ahora, sentada con impaciencia mientras su hijo toquetea bajo los asientos, piensa que tanta carrera no era necesaria.

Mira el reloj de nuevo, ya llevan allí casi una hora. Su mirada va continuamente del niño al reloj. Está agobiada porque se le hace tarde para regresar a la oficina. Saca el teléfono, a ver si le ha llegado algún mensaje del trabajo, y su hijo aprovecha esa distracción para coger del suelo un bolígrafo manchado de tinta y lleno de polvo. En cuanto lo ve, se levanta iracunda. Va a echarle, por fin, la bronca que lleva pidiendo a gritos desde que han llegado al hospital. El enano está de suerte porque en ese instante se escucha la llamada de la consulta, es su turno. Amagando un pescozón, se limita a agarrarlo con firmeza de la mano para que no se separe de su lado mientras avanzan hacia la puerta.

Al entrar, el doctor y la enfermera están muy serios, eso es lo primero que le llama la atención. Lo segundo es que el médico no se pone a divagar, como en otras ocasiones, y va directamente al grano para quitarse el mal trago cuanto antes.

—Ya sabemos lo que tiene su hijo… y no son buenas noticias…

Ella no entiende las palabras, pero no desea oírlas de nuevo, lo que necesita es saber de qué se trata exactamente. El médico se escuda en términos muy técnicos para explicárselo todo y ella intuye la gravedad del asunto. No se está enterando bien y las preguntas que se le agolpan en la cabeza son delicadas, así que le pide a la enfermera que salga un momento con su hijo. Ella es muy amable y casi parece aliviada por la oportunidad de escapar de allí.

—¿Vienes conmigo para que te dé unas pegatinas de superhéroes?

El niño mira a su madre para pedir permiso y sale sonriente. Cuando se cierra la puerta, llegan las preguntas: ¿qué es exactamente lo que tiene?, ¿cómo es de grave?, ¿hay tratamiento?, ¿se va a curar? Las respuestas son bombas explosivas que la revientan por dentro. Cada vez que escucha algo nuevo, cree que no va a poder aguantarlo, le falta el aire. ¡No puede ser! ¡Dios mío! Lo malo es que las anteriores cuestiones suponen solo el preludio de la duda definitiva, el horror absoluto: la pregunta que ningún padre debería tener que hacer jamás. En un último esfuerzo y con una voz apenas perceptible, logra que las palabras salgan de su boca y cierra los ojos mientras espera la respuesta.

—La medicina no es una ciencia exacta y puede llegar a un par de años, cinco como mucho, pero es poco probable.

Permanece bloqueada unos segundos antes de empezar a llorar. Los lagrimones ruedan por su cara sin parar, demasiado han tardado en salir.

—¿Está seguro?

—Sí. Lo hemos confirmado. Hemos repetido varias veces las pruebas, por supuesto, antes de darle un diagnóstico como este.

No puede ser cierto, el mayor de sus miedos se acaba de hacer realidad. ¿Por qué a ella? El médico no sabe qué hacer ni qué decir, permanece sentado y callado, respetando su llanto mientras se observa las manos fijamente. Ella llora y llora sin detenerse hasta que llega la enfermera con su hijo.

—¿Qué te pasa, mami? ¿Te hizo daño el médico?

—Un poco —gime mientras se seca las lágrimas con la mano—. Pero no pasa nada, ya estoy bien.

—Toma, tú también eres valiente.

Su hijo le extiende una de las pegatinas que le han regalado y ella, muy a su pesar, vuelve a llorar.

Decide devolver al niño al cole, aunque solo sea un par de horas; necesita un tiempo a solas para llorar. Hacen todo el trayecto en silencio, no puede dejar de pensar en lo que le acaban de decir. Necesita contárselo a Javier. ¡Él ni siquiera ha llamado! ¿No es increíble? No se ha molestado en llamar. En medio del desconsuelo, asoma la furia.

Tras dejar al niño, aparca en una zona de carga y descarga y saca el teléfono del bolso. Le cuesta marcar, las manos temblorosas apenas le responden.

—Hay muchos errores médicos, diagnósticos equivocados, negligencias… Puede ser cualquier cosa —protesta Javier.

—Como comprenderás, han repetido las pruebas varias veces antes de soltarnos algo así —responde ella irritada con su actitud.

—¿Preguntaste por un especialista?

—Él era el especialista. Deberías haber venido tú al hospital —contesta enfadada.

—No te preocupes, iremos a otro médico, a uno privado. Buscaré el mejor. Ahora te tengo que dejar, debo entrar en la reunión de nuevo…

—Ya te he dicho que está confirmado. Tu hijo se va a morir —asevera muy lentamente y marcando las palabras para hacerle daño—. Si no lo quieres aceptar, es tu problema.

Cuelga el teléfono enrabietada y, en ese instante, aparece el policía.

—Aquí no puede estar, señora —la amenaza en mal tono.

—Lo sé perfectamente —responde con cólera en la mirada.

—Entonces, ya que es tan lista, también sabrá que le voy a poner una multa —ataca de nuevo el agente con una actitud chulesca y prepotente.

—¡Póngame la puta multa! —estalla llorando mientras la saliva sale disparada de su boca junto con los gritos—. ¡Mi hijo se va a morir! ¿Lo entiende? ¡Póngamela ya! ¡No me importa! ¿A qué espera? ¡O saque la pistola y pégueme un puto tiro aquí mismo! ¡Me la suda!

El agente se queda desconcertado. Parece que no quiere problemas, pero tampoco va a ceder sin más. Se da la vuelta y amenaza mientras se aleja.

—Salga antes de que vuelva.

Ella no contesta. La ira todavía le domina unos segundos, luego vuelve el llanto y rompe a llorar y llorar, sin contención, sin consuelo.

Echa de menos a sus padres, a ellos les habría podido contar todo y la habrían apoyado. Siente la necesidad de buscar consuelo con ese compañero de trabajo con quien mantiene esporádicos encuentros clandestinos desde hace unos meses, pero desecha la idea: es solo un desahogo fácil cuando no puede aguantar más a su marido y no desea que se convierta en algo más serio. Lo que sí tiene que hacer es llamar a su jefe. Termina de llorar y espera un poco, necesita serenarse para que le salga una voz normal. Hace varias pruebas hasta considerarla aceptable y llama al trabajo para avisar de que no podrá ir. No da más explicaciones. Advierte que a su jefe no le hace mucha gracia y eso le cabrea enormemente.

Su hijo se va a morir, su marido no lo acepta, la policía le viene con multitas y su jefe se mosquea porque falta.

—¡Joder! —grita con rabia mientras se golpea la cabeza con los puños.

Se está comportando como una loca, es hora de irse. Abandona por fin la zona de carga y descarga, y conduce un rato para hacer tiempo antes de ir a buscar a su hijo.

Esa noche, después de acostar al niño, llegará la tormenta. Hasta entonces, todo son miradas disimuladas y alguna frase interrumpida con impotencia mientras se contienen para no hablar delante de su hijo. Baño, cena y un libro en la cama tras ver un poquito la televisión. Javier lee el cuento mientras ella se tumba junto al niño. Es el momento habitual de sosiego y felicidad después de días largos y agotadores; sin embargo, esta vez los monstruos son demasiado horribles como para poder disfrutar de ese breve remanso de paz. Siente que la ahoga una mezcla de pena y angustia que sube por el cuello y aprieta en la garganta. Apenas puede respirar. Al terminar, el pequeño pide un nuevo libro, pero ya no ceden más.

—Se acabó, es hora de dormir —ordena impostando una voz firme y desenvuelta.

Apagan la luz y dejan la puerta como el niño siempre pide: un poquito abierta. Necesitan esperar un rato para asegurarse de que está dormido, así que Javier cocina la cena mientras ella prepara la ropa del día siguiente. Están en cuartos separados y no hablan, se mantienen alejados adrede. Finalmente, ella hace la prueba y cierra la puerta del cuarto del niño: si no protesta, significará que ya ha caído rendido. No protesta. Es hora de hablar.

La cosa empieza mal porque Javier toma la palabra desde el principio. Lo hace de una forma nerviosa, atolondrada, apabullándola con datos. Ha buscado todo en Google —muy típico de él— y aporta mucha información inútil. Diagnóstico, proporción de enfermos por cada cien mil niños nacidos, número de errores médicos en España... Ella lo soporta un rato mientras su cabreo va en aumento, hasta que estalla.

—¡Todo eso da igual, joder! ¿Qué más da que le pase a uno de cada cien mil niños? No importa que haya dos formas distintas de diagnosticarlo ni que los errores médicos estén aumentando en los últimos años. Nos ha tocado y ya está.

La discusión va subiendo de tono y las acusaciones, agazapadas deseando salir, saltan en cuanto pueden: nunca estás cuando se te necesita, eres una histérica dramática, eres un imbécil, un inútil y un egoísta, aceptas todo sin pelear, me encargo de todo y tú solo pones pegas, hay que hacerlo todo a tu manera y no admites otra opción, tú eres el que no acepta nada que no te convenga... Al final es ella la que decide terminar el intercambio de golpes. Se va a desquitar con su compañero, quedará con él en cuanto tenga oportunidad, pero no le va a contar nada de la enfermedad por ahora.

La bronca termina en tablas: él no asume la enfermedad y ella no aprueba su negación. Duelen los reproches, pero lo que más duele es lo de su hijo. Ella sabe que va a tener que luchar sola contra esto, conoce a Javier y lo tiene claro. Lo mismo es el momento de dejarlo de una vez... No, no puede hacerle eso al niño justo ahora.

Al día siguiente su hijo vuelve al colegio —mejor no apartarlo de su rutina y amigos mientras no empeore— y ella regresa a su oficina con los ojos hinchados después de una noche en la que solo ha podido dormir a trompicones sin lograr que nada calme su dolor. En el trabajo, se desloma para recuperar todo lo atrasado y no pensar en lo que tiene. Decide no contarle a nadie la enfermedad del niño. Se cita con su compañero en el hotel habitual y mantienen un encuentro más intenso que de costumbre, con una pasión que casi roza la violencia. Luego ella se escabulle tan rápido como siempre para ir a casa. Cuando llega, la chica ya lo ha bañado y le da tiempo a jugar con él un rato antes de acostarlo. El niño se duerme a su lado y ella se refugia en esa tregua de placer indescriptible durante unos segundos antes de que vuelva el horror. Se levanta y se sirve una copa de vino hasta arriba, solo espera que el sexo y el alcohol le ayuden a dormir.

Su marido llega tarde. Podría haberse dado más prisa hoy... Viene con buenas noticias, o eso intenta vender. Ha pedido una cita con un especialista privado para la semana siguiente y esta vez van a ir los tres. Está intentando aparentar optimismo y soluciones, pero no es eso lo que ella necesita. La ciencia avanza muy rápido, pero no tanto como para encontrar la solución en pocos meses. Además, apenas dedican presupuesto para investigar las enfermedades raras, no es rentable. No, joder, no puede permitirse entrar en ese juego. Alguien tendrá que encargarse de todo cuando la cosa se ponga fea de verdad, y su marido no va a ser. Necesita apoyo, unión, aceptación y consuelo, pero no lo obtiene, hace ya tiempo que Javier no le aporta nada de eso. Si el niño muere... ¡No! Ya está entrando en el juego. *Si muere* no es la expresión adecuada, *cuando muera* es lo adecuado, porque va a morir. Sabe que no debe hacerse ilusiones, pero no puede evitarlo. ¿Y si Javier está en lo cierto y todo queda en una mala pesadilla?

Daniel Blanco Rivero

Unos segundos: eso es lo que dura la tranquilidad antes de que el desconcierto se transforme en terror.

Ha abierto los ojos y ha intentado enfocar, pero no puede distinguir bien las formas. Ha querido hablar y no ha podido, tiene algo en la garganta que le molesta. ¿Dónde está? Solo en ese momento ha cobrado consciencia de su cuerpo y ha empezado a sentir un dolor sordo; una horrible resaca que, aunque amortiguada por la medicación, puede sentir danzando sobre cada uno de sus huesos, amenazando con abalanzarse sobre él en cuanto los niveles de droga bajen un poco más. Entonces ha recordado y ha llegado el terror. ¡Ya sabe por qué está ahí! La ola de pánico lo arrasa todo, sus pulsaciones se disparan con la descarga de adrenalina y algo empieza a pitar de una forma muy intensa y desagradable. Intenta gritar, pero lo que tiene en la boca, en la garganta y en la tráquea no se lo permite. El brazo derecho está escayolado, se da cuenta cuando intenta moverlo con desesperación; quiere arrancarse todo eso que lo ahoga, pero no es capaz de moverse de una forma coordinada y la enfermera llega antes de que pueda hacer nada. Siente que se acerca de nuevo la oscuridad, una noche que oculta un horror con muchas preguntas y ninguna respuesta; por eso lucha para no dormirse, pero la droga inunda su cuerpo y cae en una modorra que sería placentera si no fuera por lo que esconde.

Cuando se vuelve a despertar, la llegada del horror es mucho más rápida que la primera vez: nuevos pitidos de alarma en la maldita máquina y nueva intervención para sedarle. No quiere dormirse, no puede, necesita saber lo que le ha pasado a su familia. Lucha con todas sus fuerzas para no dejarse ir y no lo consigue. Cae antes de poder hacer nada.

Despierta otra vez y pronto llega el recuerdo. Cada vez tarda menos, pero esta vez ya sabe lo que debe hacer, o mejor aún: lo que no debe hacer. Está tumbado y de su mano sale una vía; la ha seguido con la vista hasta llegar al bote de suero, que gotea rítmicamente. No se mueve y respira profundamente para tranquilizarse. Nada ha pitado. Tras unos cuantos segundos, mira de reojo a la máquina que tiene detrás para comprobar que todo va bien. Sigue sin pitar. Entonces empieza a mirar lo que hay a su alrededor. No quiere pensar en nada, no quiere ponerse nervioso para que no se active la alarma, así que solo intenta centrarse en lo que lo rodea. Está en un hospital, de eso no hay duda; debe de estar intubado y en cuidados intensivos, porque no hay nadie a su alrededor. Si no hay nadie, eso significa que su mujer y sus hijos están igual o peor. Siente que las lágrimas ruedan por su cara, no puede contenerlas, y la alarma empieza a pitar. Esta vez no lucha contra ello, no quiere afrontar lo que sospecha, no puede. Asomarse al horror le da demasiado vértigo. Necesita descansar.

Las siguientes ocasiones son todas iguales: se despierta, llega la angustia y rompe a llorar, lo duermen y no se resiste. Hasta que en una de las ocasiones no suena la alarma de la máquina. Desconcertado, mira a su alrededor y nota que está en un sitio distinto. Ahora está en un cuarto más espacioso y ya no tiene nada en la boca. Es una sensación agradable sentir que no se ahoga. Intenta hablar, pero la voz no le sale; se agita. Entonces se da cuenta de que hay una persona sentada a su lado. Ve que se levanta y se le acerca, pero no es capaz de enfocar bien y no reconoce la cara hasta que la tiene encima.

—¡Hola! —exclama sorprendido por ver quién es.

La voz le ha salido áspera, ronca, extraña después de tanto tiempo.

—Hola.

Es su hermano. Hace mucho que no lo ve, desde que discutieron en aquella Navidad en casa de sus padres. Conoce bien a su hermano, por lo que intenta adivinar la respuesta a la pregunta en el gesto de la cara. La verdad va a ser muy dura, pero no puede seguir esquivándola.

—¿Dónde están? —susurra angustiado mientras comienza a llorar.

—La niña está bien, está con nosotros.

—¿Lorena y el niño? —pregunta con terror.

—Tienes que descansar y recuperarte.

—Dime la verdad—suplica.

Ve como a su hermano se le inundan los ojos y nota que se aparta rápidamente para que no lo vea llorar. Ya tiene la respuesta, pero necesita oírla.

—Te lo ruego, necesito saberlo… Han muerto, ¿verdad?

Su hermano no es capaz de mirarle a la cara. Tose y hace un gesto afirmativo con los ojos cerrados. Luego se da la vuelta para mirar por la ventana. Ahora es a su propio hermano al que le sale una voz rara.

—Debes centrarte en tu recuperación, tu hija te necesita.

Llora, y llora, y llora, y llora. Desea morir, pero su gran corpachón no se lo permite, es demasiado fuerte. Su hermano avisa a la enfermera y algo le dan, porque al final se queda dormido. Cuando se despierta ya no está su hermano.

La conversación se produce unos días más tarde, no sabe exactamente cuántos.

—Llevas tres meses ingresado. Al principio me dieron un par de días y luego pedí vacaciones para organizarlo todo..., pero no he podido prolongarlo más y he tenido que volver a trabajar. Alejandra te manda recuerdos. Está con las niñas, por eso no ha podido venir. María y la prima pasan mucho tiempo juntas, eso le ha venido bien. Tiene ganas de venir a verte, pero estamos esperando a que te recuperes un poco más, a que estés más fuerte. No puede verte así, si te derrumbas no la ayudas en nada.

—¿Ella está bien?

—Salió ilesa del accidente. Un milagro.

—¿Y cómo está?…

—Te necesita. Debes recuperarte por ella, para ella. Es fundamental que seas fuerte, te necesita.

—Dile a la enfermera que me dé algo para el dolor y para dormir, por favor —suplica al ver que no puede soportarlo.

Al día siguiente viene el médico y le explica todo: costillas rotas, fractura abierta de cúbito y radio, el bazo estallado y extirpado, traumatismo craneoencefálico severo, tobillos destrozados y varias cosas más que no es capaz de memorizar. Está hecho una calamidad, pero vivo. Lo malo es que eso a él no le importa, solo anhela saber lo que les ocurrió a su mujer y a su hijo.

—No podemos informarle de eso. Yo no soy el médico que los atendió. Vendrán unos colegas a explicárselo todo. En el hospital tenemos un servicio de ayuda para casos como este, si lo desea podemos avisar y que hablen con usted.

Su hermano vuelve a visitarlo esa semana.

—¿Dónde está mi hija?

—En casa.

—¿No va al cole?

Su hermano titubea y él lo percibe. Le entra la duda: un nuevo terror para el que no está preparado.

—¡Júrame que está viva!

—Te lo juro, te lo juro. No te mentiría en eso, hombre. Solo es que estamos pensando en cambiarla de colegio para que vaya con su prima. Estaría más arropada… Necesito hablar contigo de muchas cosas, pero para eso debes recuperarte primero. Ahora descansa.

—No la cambies de colegio, allí están sus amigas.

Daniel está exhausto y cae en un sueño insano, una especie de sopor en el que las pesadillas se suceden sin parar. Vive el accidente una y otra vez con una impotencia frustrante y agónica —no es capaz de hacer nada para evitarlo—; luego empieza a revivirlo distorsionado, con imágenes que no logra distinguir ni recordar con claridad, pero que le causan la misma angustia indescriptible. En un momento dado, uno de los movimientos en la cama le causa el suficiente dolor para hacer que despierte. Presiona el botón para aplicarse el analgésico y al poco rato se vuelve a quedar dormido. No quiere estar consciente. Así pasa varios días, derrochando el número de dosis de analgésico, que le han dicho que debe moderar. Sufre muchos dolores físicos, pero lo horrible no es precisamente lo corporal. Finalmente le quitan la posibilidad de automedicarse para que no siga abusando, ya se lo habían advertido varias veces.

Los días siguientes apenas los recuerda, solo pesadillas y lágrimas. Aunque su hermano lo visita algunas noches, apenas hablan. No quiere, no puede vivir en el mundo real, es demasiado doloroso. Rechaza la ayuda psicológica a pesar de la insistencia de los médicos.

Pasadas un par de semanas, su hermano vuelve a la carga con el colegio de la niña.

—… Estaría más arropada… Necesito hablar contigo de eso. El tiempo pasa y tienes que empezar a tomar decisiones o confiar en mi criterio sobre todo aquello que concierne a tu hija y a su vida.

—No la cambies de colegio. Ya te lo dije. Allí están sus amigas.

—Vale —responde poco convencido.

—¡No la cambies!

Su hermano se irrita por el mal tono que está utilizando.

—Oye, lo estoy haciendo lo mejor que puedo. Necesito hablar contigo de muchas cosas, pero para eso debes afrontar lo que hay. Hubo que tomar muchas decisiones y algunas de ellas no podían esperar, ahora hay que seguir organizando y decidiendo. Alejandra y yo nos estamos desviviendo, para nosotros tampoco está siendo fácil…

Siente como crece su ira. Ahora sí empieza a reconocer a su hermano: siempre dando órdenes, opinando sin que nadie le haya preguntado, dando lecciones sin parar, quejándose cuando le toca hacer algo. En cuanto se descuide, le echará en cara lo de la niña. Seguro que intenta cambiarla porque es más fácil llevar a las dos al mismo colegio. Ese colegio de pijas al que va la prima, el centro cursi y elitista que Lore odiaba. Ni arropada ni leches, el vago de su hermano desea simplificar y deshacerse del marrón cuanto antes. Tiene que recuperarse y retomar los mandos, debe aferrarse a esa rabia para no dejar que el dolor lo inunde todo y su alma se pierda en la bruma de la autocompasión. La ira es su mejor aliada. No puede dejar que el listillo de su hermano y la pija de su cuñada eduquen a su hija, debe hacerlo él a su manera.

A partir de ese día, cambia de actitud radicalmente. Empieza a comerse todo lo que le ponen y se esfuerza en completar la tediosa y exigente rehabilitación. En cuanto se duerme, vienen las pesadillas, eso no lo puede controlar, pero cuando está despierto pone toda su alma en el proceso. Su hija lo necesita, va a hacerlo por ella. Los médicos se quedan impresionados con su capacidad de recuperación. Al poco tiempo ya se levanta. Solo sufre un ligero bajón cuando por fin llevan a su pequeña al hospital para que lo vea. Ahí la determinación se resquebraja y a duras penas logra contener las lágrimas. Le cuesta convencer a su niña de que se separe de él y al final, antes de despedirse, le hace la promesa, esa promesa que recordará unos meses después.

—Dentro de muy poco te llevo a casa y volvemos a estar tú y yo juntos, juntos para siempre. No nos volveremos a separar, te lo prometo.

Solo llora cuando ella ya se ha ido. Vuelve a pensar en el maldito accidente, en su mujer y en su hijo, y siente que se quiebra por dentro. Rápidamente se seca las lágrimas y se levanta resuelto de la cama para caminar un poco; tiene que recuperarse y lo va a hacer en un tiempo récord. Va a lograrlo antes de lo que los médicos piensan, siempre ha sido un tipo fuerte. Va a volver pronto a casa con su hija.

Iñaki Cabrera Piedra

Han quedado para pegarse, están nerviosos y excitados. Habitualmente echan una pachanga al fútbol los viernes por la tarde, eso les ayuda a soltar la tensión acumulada durante la semana; pero hoy tienen un programa mejor.

El domingo pasado hubo bronca durante el partido. Cuando el portero contrario salió a despejar el balón y golpeó al delantero en la cabeza, Iñaki recorrió todo el campo como un toro y lo empujó con tal fuerza que lo derribó al suelo. Por un momento pareció que aquello terminaría en una trifulca general entre ambos equipos, pero el árbitro era un tipo duro y se anticipó.

—¡Eh! Un solo empujón más y suspendo el partido. Si quieren pegarse, lo hacen fuera del campo.

La idea no era mala, así que lograron contenerse con la promesa de saldar las cuentas pendientes más adelante, sin testigos incómodos. Se conocían del barrio, así que la elección del lugar adecuado no supuso ningún problema: el solar de detrás de la antigua fábrica, allí no iba a ir nadie a molestarlos.

Iñaki se ha puesto un chándal cómodo, ha escondido una navaja en el bolsillo y ha dicho que va a jugar al fútbol; sus padres no han sospechado nada. Está inquieto, sabe que los de su equipo confían en él y no puede decepcionarlos. Es el defensa central, el más bestia de todos. Se ha ganado su fama durante años, siempre le han gustado las peleas, se le dan bien desde pequeño.

Al principio era el más rápido del cole y el que saltaba más alto; después los compañeros crecieron y dejó de destacar tanto en los deportes, pero siguió siendo el más fuerte. Quizá no sea exactamente fuerza lo que posee, simplemente es el más bruto, el que menos miedo tiene. Es rápido y actúa con contundencia, sin detenerse a pensar gilipolleces, eso es lo que hace de él un buen defensa central. Antes de que el otro jugador se dé cuenta, él ya se ha llevado el balón.

Hace un par de años se apuntó a boxeo. Sus padres creyeron que era una buena forma de encauzar esas ansias de pelea que siempre tenía y se lo permitieron, incluso lo alentaron. Al principio le gustó y completó el entrenamiento con entusiasmo, pero al empezar a boxear se dio cuenta de que cumplir con las reglas lo ralentizaba. No era tan hábil como creía y decidió dejarlo cuando un pequeñajo le dio un soberano repaso: no podía permitir que el boxeo acabara con su reputación. Sin embargo, de todo aquel entrenamiento sacó en limpio unas buenas nociones de técnica que, si bien no eran demasiado depuradas, suponían una gran ventaja cuando peleaba en la calle contra gente no profesional.

La cita es en el parque. Cuando llega Iñaki, ya están todos. No ha faltado ni uno, ni siquiera se han retrasado... Los mira con orgullo.

—¿Qué habéis traído? —pregunta mientras saca su navaja.

Cada uno enseña su humilde arsenal e Iñaki les concede su aprobación. Luego da la orden de dirigirse al campo de batalla porque, aunque aún queda mucho para la hora convenida, quiere evitar sorpresas. Avanza a la cabeza del grupo, con decisión para infundir valor al resto. Recuerda la frase del cura en la homilía del domingo: «Aunque camine por cañadas oscuras, nada temo porque tú vas conmigo». Cuando llegan, recogen piedras del solar y se colocan en la zona más cercana a la fábrica abandonada. En ese lugar hay un pequeño muro medio derruido que les puede servir de protección. Ya solo queda esperar.

Los enemigos se presentan unos minutos antes de la hora prevista. Iñaki se alegra de haberse anticipado: si los otros querían ser los primeros, les ha salido mal la jugada. En cuanto se acercan, se desencadena la lluvia de piedras por parte del equipo de Iñaki. Los enemigos salen corriendo inmediatamente y ningún proyectil acierta en el objetivo. Entonces se repliegan y recogen piedras para contraatacar. Llegados a ese punto, la lucha se convierte en un desaforado intercambio de insultos porque ninguno desea arriesgarse y los lanzamientos no sirven de nada a esa distancia. Tras un rato perdiendo el tiempo, y viendo que ya apenas tienen nada que lanzarse, el líder del equipo contrario pide una reunión en el medio del campo de batalla. Iñaki acepta la propuesta y ambos avanzan rápido hacia el punto de encuentro. En cuanto están cerca, y mientras el líder de los rivales se detiene para discutir cómo van a resolver el asunto, Iñaki toma carrerilla y lo embiste con todas sus fuerzas. Al otro no le da tiempo a reaccionar, cae al suelo y empieza a recibir puñetazos mientras se protege como puede. Los del equipo de Iñaki salen corriendo al ataque y los otros, desconcertados, huyen dejando allí solo a su compañero. La batalla ha terminado.

Tras acorralarlo en un círculo y empujarlo mientras se burlan de él, dejan que se marche. Se va dolorido y humillado, pero sin nada grave. Entonces, los vencedores vuelven eufóricos a sus casas para cambiarse antes de salir de marcha.

Aunque Iñaki aún no lo sabe, la noche va a terminar mal. En el centro de la mesa hay una garrafa de vino tinto rodeada de vasos, cartas y unas monedas. Han estado practicando diversos juegos para distraerse mientras bebían el vino de la casa, un brebaje infernal que rasca con fuerza la garganta. Cualquiera en su sano juicio lo rebajaría con abundante gaseosa, pero el juicio no es precisamente el punto fuerte de Iñaki y sus amigos. Dos de ellos discuten acaloradamente desde hace un rato.

—¡Esa no es mi opinión! —grita uno.

—Yo sé que tú tienes una opinión y, ahora que te lo cuento, tú sabes que yo tengo un huevo más pequeño que el otro. Es mejor no compartir ese tipo de información tan personal.

—¡Vete a tomar por culo!

—Me voy, me voy. Así, al menos, tengo una vida intensa. A ti, lo más fascinante que te ha pasado ha sido salir de casa sin lavarte los dientes.

—¿Y dónde está tu cepillo de dientes? ¿En casa de tu madre o en la de tu padre?

—¡En la de tu puta madre!

—¡Vamos a dejarlo ya! —interrumpe Iñaki, harto de tanta discusión.

Uno de ellos intenta protestar, pero Iñaki lo agarra por el brazo con fuerza.

—Si queréis pelea, vamos a buscarla fuera.

—¡Vale, vale! —ceden todos ante la contundencia de su amigo.

Al salir del bar, Iñaki saca su cajetilla y ofrece tabaco al resto. Aceptan agradecidos. Entonces, súbitamente, uno de sus amigos le da una tremenda colleja.

—¡Viva san Fermín!

Los otros lo empujan y salen corriendo a toda velocidad mientras ríen a carcajadas. Iñaki también se ríe y va tras ellos como un toro embravecido.

—¡Tooooooro! ¡Toriiiiiito!

No les dura mucho la carrera, pronto los alcanza y los golpea. Al final terminan todos juntos, jadeando y recuperando el aliento mientras se tocan los brazos adormecidos por los puñetazos de Iñaki.

—¿No os cansáis nunca de esta chorrada? —pregunta Iñaki divertido.

—El subidón que se siente al tener a un morlaco corriendo detrás es algo impagable.

—Pues el morlaco os ha empitonado bien, ¿eh?

Todos ríen juntos mientras caminan por el Barrio Viejo, plagado de bares de toda condición. Las calles están llenas de gente y los coches avanzan con gran dificultad.

—Vamos a hacer *piecing* —propone uno—, es el momento perfecto.

—Yo empiezo —pide rápidamente Iñaki.

Baja de la acera y espera al coche adecuado. Para que no le rompa los huesos, debe elegir uno pequeño y meter debajo el pie en su justa medida. La zona vieja, con sus estrechas calles abarrotadas, es perfecta porque los vehículos avanzan despacio. Por fin pasa un coche y en ese instante Iñaki mete el pie bajo su rueda. Espera haberlo hecho bien porque si se pasa, se arriesga a que le rompa el tobillo, y si se queda corto y le pilla solamente la punta del dedo, se lo revienta. La presión ejercida por la rueda provoca una tensión que recorre su cuerpo mientras espera el desenlace... Sale ileso. ¡Prueba superada! La descarga de adrenalina le genera un placer inigualable.

—Ahora el siguiente —ordena crecido.

Uno a uno van superando con éxito el reto del *piecing* hasta que, terminada la ronda, deciden acercarse al discobar donde trabaja un amigo. Siempre los invita a unos chupitos y se olvida de cobrarles alguna que otra copa, por lo que es un punto de abastecimiento obligatorio. Poco antes de entrar, Iñaki se encuentra con un conocido y permanece hablando con él mientras los otros siguen caminando y se meten en el local. Cuando, unos minutos después, Iñaki se despide del otro chaval y se gira, se los encuentra justo frente a él.

Reconoce a un par de jugadores, pero no tiene tiempo para reaccionar: apenas llega a ver la barra que lo golpea antes de que todo se vuelva difuso. El golpe lo deja en el suelo semiinconsciente, luego se ceban con él a patadas y lo dejan allí tirado, magullado y con la cara empapada en sangre por la brecha en la cabeza. Lo último que recuerda antes de perder el conocimiento es el lejano sonido de la ambulancia.

Vicente Belas Montánchez

Es de noche. El velocímetro del coche de Vicente marca más de lo debido, pero no le importa en absoluto. Conduce con la brusquedad del iracundo, enrabietado por la bronca descomunal que ha tenido en casa de su novia. No soporta que le griten. Al final, después de muchos chillidos, ella le ha soltado un bofetón y él se lo ha devuelto sin pensárselo.

La furia fluye desde sus manos al volante y desde sus pies a los pedales, haciendo que los giros y frenazos se sucedan continuamente en una alocada carrera que solo busca liberar la rabia.

—¡Maldita sea! —ruge con fuerza mientras golpea el volante.

Ha sido la última pelea, eso lo tiene claro, no va a volver con ella. Ve un sitio libre y frena en seco, las ruedas chirrían contra el asfalto; luego aparca con una violenta maniobra, golpeando primero al coche de detrás y luego al de delante. Se baja del auto con un gran portazo, y un chucho que camina a menos de un metro da un respingo y comienza a ladrar. El dueño, un señor mayor que lo pasea por las calles vacías a esas horas de la noche, lo reprende por el susto que se ha llevado su pobre animal.

—¡Esa no es forma de aparcar, majadero!

Él, todavía dominado por la ira, se vuelve. Si hay algo que no soporta es que le hablen en mal tono; la grosería y las malas formas hacen que salte como un resorte. Es muy sensible a la violencia, en cuanto la percibe pierde completamente el control. No es capaz de contenerse y siempre sube la apuesta. Agarra al viejo por las solapas y le grita con fuerza, muy cerca de la cara.

—¿¡Acaso es tu coche, maldito viejo de mierda!?

El perro, alarmado ante ese energúmeno, empieza a ladrar aún más alto. Lo hace de forma nerviosa y compulsiva, hasta que recibe una patada que lo hace gemir con tono lastimero.

—¡Cobarde! —grita el abuelo.

Le propina un fuerte empujón al viejo y lo derriba junto a su perro. El anciano permanece inmóvil, asustado, mientras se palpa el brazo dolorido. Cuando Vicente va a golpear de nuevo, el sollozo de su víctima le hace cambiar de idea. Sube al coche y sale tan atropelladamente como ha llegado.

¿Cobarde? Él no es un cobarde, tiene una medalla: la jodida condecoración que le dieron en el ejército. No, no es un cobarde, lo que pasa es que todo el mundo se dedica constantemente a tocarle los cojones. ¿No podía la imbécil de su novia haberle dejado en vez de estar jodiéndole la vida durante los últimos meses? ¿No podía ese viejo de mierda meterse en sus propios asuntos? La lista es larga. Ni siquiera en el ejército lo dejaron tranquilo y al final, como no podía ser de otra forma, la cosa terminó mal, muy mal. Fue una pena porque desde la infancia había soñado con ser un gran militar y aquella condecoración hacía presagiar que terminaría siéndolo, pero luego la vida se torció.

Desde aquella medalla, todo ha ido cuesta abajo en una pendiente que no termina de enderezarse nunca. Hay pequeños remansos, pero luego la caída vuelve a acelerarse hacia un oscuro pozo que no parece tener fondo. Está seguro de que el ejército era su vocación, su vida, el lugar donde debía estar, pero así son las cosas: un día eres el mejor y al siguiente todo se va a la mierda. Al menos, aquel imbécil se llevó su merecido. ¡Vaya si se lo llevó! Recuerda perfectamente la última frase despectiva que salió de su boca, la tiene grabada a fuego en su memoria: «Dile a tu amigo *el héroe* que mañana le toca limpiar letrinas». Sí, aquella fue su última frase, demasiadas había aguantado ya…

Su enemistad había empezado en la cantina. Cuando ponían las fuentes de pollo sobre la mesa, los veteranos se quedaban esperando a que los novatos intentaran servirse. En cuanto uno adelantaba la mano, le clavaban el tenedor. «¡Hay que esperar, novato!». Él picó y aquel cretino se lo clavó con tal fuerza que le dejó para siempre una cicatriz en el dorso de la mano derecha. Pero aquel listillo no se esperaba su reacción: saltó sobre él inmediatamente y lo derribó de la silla. Fue tan rápido y contundente que cuando los otros pudieron reaccionar y los separaron, el veterano ya llevaba una buena ración de puñetazos encima. Seguramente todo habría terminado ahí si no llega a pasar lo de la famosa medalla; pero ese reconocimiento, que le hizo ganarse el respeto de sus compañeros, con aquel rencoroso no hizo sino empeorar las cosas. A la inquina que ya le profesaba se le sumó otro poderoso sentimiento como es la envidia. Al verse solo, porque después de la heroicidad todos habían dado el asunto de la cantina por zanjado, el otro se dedicó a provocarlo: le llamaba héroe continuamente de manera displicente, tratando de ridiculizarlo. Héroe, héroe, héroe. Siempre lo machacaba sin parar, hasta el día en que soltó aquella estúpida frase con ese tonillo lleno de rabia y chulería que cambió su vida para siempre: «Dile a tu amigo *el héroe* que mañana le toca limpiar letrinas».

Ahora recuerda todo aquello mientras conduce a gran velocidad por la carretera, y siente una punzada de arrepentimiento en su corazón. Todo podría haber sido tan diferente… Pero en los momentos en que está así de exaltado, la cólera aleja pronto los buenos sentimientos. Cuando divisa el cartel con las luces de colores del Queens Club, gira bruscamente y entra demasiado rápido en el aparcamiento, derrapando en la gravilla. Luego se adentra en el local con prisa.

Están a punto de cerrar, es martes y es muy tarde; por eso, cuando se dirige a la barra y pide una copa de güisqui, la camarera inquiere con la mirada a un tipo siniestro que está sentado en una mesa poco iluminada al fondo de la sala. Un leve gesto de aprobación evita el enfrentamiento. No ha terminado de sacar el dinero para pagar y ya aparecen las chicas. Una de ellas le pide de forma impertinente que invite a unas copas. Hay algo en su tono, en sus ganas mal disimuladas de despacharlo rápidamente, que le irrita.

—Solo quiero tomarme una copa.

—Pues vete a un bar, allí son más baratas —le responde con insolencia.

Él no contesta, solo se gira sobre la banqueta alta en la que está sentado y les da la espalda, volviendo la vista hacia la pared. Mientras observa a la camarera, que masca chicle y consulta el teléfono móvil de forma distraída, oye los murmullos airados de las chicas, que se alejan. A duras penas es capaz de controlarse. No dice nada, solo se toma su copa en un par de grandes sorbos. Cuando acaba, da un golpecito en la barra para pedir otra. La camarera vuelve a mirar al tipo del fondo; sin embargo, esta vez no está por la labor. Vicente sigue la dirección de los ojos de la camarera hasta toparse con él. Es un hombre rubio, parece fuerte, aunque algo bajito, y una gran cicatriz le cruza la cara.

Le aguanta la mirada durante unos largos segundos en los que la tensión parece a punto de estallar.

—¡Otra copa! —exige para retarlo.

El tipo se levanta y camina lentamente hacia la barra. Vicente se prepara para el estallido de violencia, pero el de la cicatriz se sienta en otro de los taburetes altos y le hace un gesto afirmativo a la camarera.

—Otra igual para él. Para mí, un café.

No hablan, ni se miran, a la espera de que estalle la guerra. La duda está en lo que va a suceder después. Cuando termina su café, el hombre saca una pistola y la pone sobre la barra, luego habla con frialdad, sin mirarlo.

—Estás invitado a la copa. Ahora vete.

—Me voy, pero me llevo una botella para el camino. Cóbramela.

El otro no se espera esa salida, pero reacciona con rapidez, poniendo un precio elevado para mantener la pugna: ese toma y daca al que ambos se asoman a la espera de que uno de los dos inicie la pelea. Sin embargo, Vicente paga el precio sin protestar.

Sale del club irritado, no ha conseguido el desahogo que buscaba. Cuando está atravesando la puerta, siente que le invade otro impulso. No, él no es un cobarde. Se da la vuelta y entra a toda velocidad en el local. El de la cicatriz aún permanece en su taburete y no le da tiempo a reaccionar. Lo golpea con la botella en la cabeza. La chica de la barra grita y el otro cae al suelo antes de poder agarrar la pistola. Él coge el arma de la barra —no quiere que le disparen por la espalda— y sale a toda velocidad del local. Sube a su coche y arranca, haciendo derrapar de nuevo las ruedas en la gravilla.

Cuando al día siguiente se despierta en el aparcamiento de una gasolinera, tanto la botella vacía como la pistola yacen a sus pies en el suelo del coche. Se encuentra muy mal, tanto psíquica como físicamente. Cuando se le pasa el pronto, siempre llega el arrepentimiento. No debió golpear a su chica, no debió pegarle la patada al pobre perro y no debió empujar al viejecito. Es una mierda de persona, un animal sin principios que no sabe controlarse. Lo intenta de veras y es capaz de contenerse durante meses gracias al remordimiento que siente tras sus episodios de violencia, pero luego la culpa se va olvidando y llega el día en el que le tocan demasiado las narices. Es un proceso que se repite desde que era pequeño; bueno, no tan pequeño. Recuerda que de niño no conocía la cólera y no la entendía. Veía a su hermano enrabietado y escuchaba el último aviso de sus padres, pero su hermano no se controlaba y llegaba el gran castigo. ¿Por qué no paraba si estaba claro que se la iba a cargar? Recuerda perfectamente cuándo la sintió por primera vez: ese calor que inunda el cuerpo y nubla la razón, ese sentimiento de querer reventarlo todo sin importar lo que pase ni las consecuencias. Pero luego la furia se va y el vacío que deja lo ocupan la culpabilidad y la mala conciencia. Como ahora… La ha vuelto a cagar, una vez más. Incorpora el asiento del coche, sale con dificultad y camina tambaleándose hasta la papelera más cercana. Tira la botella y mira a ver si hay alguien observando. Como no hay nadie, limpia la pistola rápidamente con su camiseta para borrar las huellas y la mete con cuidado en la papelera. Luego vomita bilis, tiene el estómago vacío. Aquel idiota del ejército estaría contento si pudiera ver lo que ha sido del *héroe*… Se mete en el coche y arranca el motor para marcharse; sin embargo, en el último momento vuelve a la papelera y coge la pistola. No debería hacerlo, pero finalmente decide llevársela. No es seguro dejarla allí… La mete bajo el forro del maletero, escondida junto a la rueda de repuesto, y se marcha a toda velocidad con la esperanza de lograr huir de sus fantasmas.

— 1 —

Carlos Paredes León

Se enteró por una vecina. Bego tenía el teléfono apagado todo el tiempo y eso le extrañó. Ella, aunque no lo hiciera inmediatamente, siempre respondía a sus llamadas a las pocas horas, siempre estaba para él. Al final se acercó a su casa y, mientras apretaba insistentemente el timbre de su puerta, aquella señora se lo dijo:

—Begoña ha muerto.

No supo reaccionar. Solo se giró y se fue sin decir nada…

Por más que lo intenta, cuando sale de los turnos de noche no es capaz de dormir. Se toma un vasito de leche templada, se da una larga ducha caliente, se pone el pijama, cierra las persianas, se pone tapones en los oídos y cuenta ovejitas; pero nada. Últimamente apenas duerme. No estaba preparado para perderla. Tras la muerte de sus padres, Bego era la única amiga que le quedaba en el mundo, el último vínculo con la humanidad. No es que se vieran mucho, pero estaba allí. Sí, era eso: la tenía para cuando necesitaba ayuda. Nunca le había fallado, era su ángel. A veces no necesitaba ni hablar con ella, le bastaba con saber que estaba. En ocasiones la espiaba a escondidas desde el coche, pero eso ella nunca lo supo.

Da otra vuelta en la cama y la sábana se sale por debajo, haciendo que sus pies toquen directamente la manta. Intenta calmarse y tirar de la sábana con los pies, pero no hay solución. Se levanta irritado y enciende la televisión. Le gusta ver Discovery Channel porque siempre hay programas sobre tareas mecánicas, manuales: construcción de puentes, extracción de oro, pesca, reparaciones de coches... Solo influye la técnica y no el trato con las personas. No le gusta el trato con la gente, no se le da bien, nunca se le ha dado bien.

Sus primeros años en el colegio no fueron precisamente buenos. Era un niño al que le costaba relacionarse. Menos bruto y más torpe que los demás, intentaba sumarse a los juegos de los otros chicos, pero terminaban haciéndole daño. Los compañeros, conscientes de su debilidad, lo utilizaban como blanco de sus bromas. Las burlas y las risitas hacían que, pese a sus continuos intentos por integrarse, siempre terminara pasándolo mal, por eso decidió apartarse y convertirse en un chico solitario.

En su colegio había dos alumnos grandes y obesos, conocidos como los Gordos, que siempre iban juntos. Se parecían mucho físicamente, casi como gemelos, pero la cosa iba más allá, pues compartían también gustos y aficiones. Habría sido una bonita historia de amistad de no ser porque lo que los unía era su amor por la brutalidad y la violencia. Zurrar a los más pequeños era lo que verdaderamente los hermanaba. Era solo cuestión de tiempo que los Gordos se terminaran percatando de que era la presa perfecta. Débil, torpe y solitario: era obvio que si lo atacaban nadie saldría a defenderlo. Sus fechorías no solo quedarían impunes, sino que encontrarían la risa cómplice del resto. Teniendo a la víctima y a los depredadores, ya solo hacía falta un lugar adecuado para el ataque.

Los alumnos mayores tenían horarios distintos de recreo, pero había un momento en que todos coincidían: la hora de la comida. El mejor sitio para cometer los abusos resultó ser la esquina de cualquiera de los tramos de escaleras que subían al comedor de la última planta del edificio. Allí fue donde empezaron a empujarlo y escupirle cada día. Él iba aterrorizado, mirando por doquier para no encontrarse con ellos; pero en medio del barullo de un montón de niños más altos que él, zafarse era complicado. Una vez vio un documental en el que unos cocodrilos se comían a los ñus aprovechando el descomunal desorden que se producía al atravesar el río Mara y se sintió muy identificado. Él era el ñu con ojos desorbitados que sabe lo que le espera y, aun así, no puede evitarlo. No era capaz de verlos hasta que los tenía encima, y la aglomeración de alumnos le impedía moverse con rapidez para escapar.

Después de varios episodios humillantes, decidió buscar una solución. Tenía que encontrar la forma de escapar de aquella tortura. Tras mucho meditarlo, pensó que la mejor manera de evitar a la manada de muchachos ascendiendo en tropel era subir un poquito más tarde, cuando los alumnos ya estuvieran sentados en el comedor. Así no lo pillarían desprevenido. La idea parecía buena, pero se convirtió en un tremendo error que terminó costándole caro.

Los primeros días su plan funcionó y no tuvo problemas. Debía ser cuidadoso para no llegar más que unos minutos tarde y que no le regañasen en el comedor, pero eso no era tan complicado. Se retrasaba a la salida de clase, se metía en el baño y subía tranquilamente sin encontrarse con nadie en las escaleras. Estaba feliz por la idea tan estupenda que había tenido, con solo pensar un poco había dado con la solución. Cuando llegó el viernes, llevaba toda la semana sin recibir golpes y creyó que sus problemas con los Gordos ya eran una simple pesadilla del pasado. Sonreía mientras subía los escalones de dos en dos hasta que giró en uno de los tramos de la escalera. Casi se cae del susto al ver que estaban allí esperándolo con una inquietante cara de satisfacción.

Intentó escapar a toda prisa, bajando los escalones de tres en tres, pero terminó tropezando y cayendo en el rellano del piso inferior.

—Parece que no quieres vernos últimamente…

—Hemos tenido que esperarte y no nos gusta esperar…

Ese día, en vez de empujones y salivazos, recibió su primera paliza. No dejaron que se levantara y allí mismo, en el suelo, le cayeron las patadas. Cuando terminaron, lo dejaron llorando solo en las escaleras, no sin antes amenazarlo de muerte si se le ocurría contar algo de lo ocurrido a los profesores.

Llegó al comedor sangrando por la nariz y las cocineras se alarmaron, pero dijo que se había caído por las escaleras y sonó bastante convincente. En casa repitió la misma historia con iguales resultados, por lo que nadie fue capaz de sospechar la verdad.

Como la caída por las escaleras fue bastante comentada en el colegio, los Gordos tuvieron que tomar precauciones: empezaron a despacharlo con un par de puñetazos rápidos en el estómago o en la espalda y un escupitajo a quemarropa. Luego se marchaban riendo a toda prisa. Aquellos abusos no eran tan salvajes en cuanto al daño físico, pero sí lo eran en lo psicológico. Las vejaciones públicas eran vistas por los demás alumnos del colegio y su reputación tocó fondo.

Si bien llevaba años siendo un chico retraído y melancólico, aquel curso su estado de ánimo cayó por los suelos. En casa no obedecía y se portaba mal, llegaba tan frustrado que cualquier revés sin importancia hacía que reaccionara como un loco histérico: berreaba y pataleaba sin parar. Sus padres estaban muy enfadados y las continuas broncas que le echaban no ayudaban precisamente a que su estado de ánimo mejorara. Nunca llegaron a sospechar lo que realmente ocurría, lo achacaron a la rebeldía propia de la adolescencia. El pobre no dormía bien, tenía pesadillas y comía muy poco, por eso no parecía extraño que estuviera tan abatido e irritable.

Como en el colegio no comía absolutamente nada, desde la dirección hablaron con sus padres y decidieron que lo mejor era mandarlo una temporada a comer a casa. La regañina que recibió fue monumental, pero al menos sirvió para algo: dejó de subir al comedor y de encontrarse con los Gordos en las escaleras. La peligrosa migración del Masái Mara al Serengueti había terminado, al menos por ahora, pero el problema no estaba aún resuelto, ni mucho menos.

A Carlos habían dejado de pegarle los Gordos en el comedor, pero la amenaza y el miedo estaban siempre presentes. Para que no tuvieran la oportunidad de acorralarlo a la entrada o a la salida del colegio, esperaba a que se formaran las filas cerca del vigilante de la puerta. Pero no solo sufría miedo, también soledad y desprecio. Sus compañeros de clase lo tenían absolutamente marginado. Ellos no le daban palizas, pero era el blanco de todas las mofas: se metían con él por sus granos, sus zapatos o cualquier defecto que encontraran. En ese sentido, en aquella época se ganó el apodo con el que lo empezaron a martirizar. Fue la mañana en que la profesora le hizo leer en clase.

En Literatura obligaban a los alumnos a practicar en voz alta la lectura. La profesora empezó por orden alfabético y todos los días leían un par de niños. Carlos sabía que todos estarían muy pendientes para burlarse de él cuando le tocara. Eso le aterraba. Según veía que se acercaba su turno, se iba poniendo cada vez más nervioso. Su apellido era de los últimos de la clase y el temido momento no llegó hasta pasadas casi dos semanas del inicio de las lecturas, pero al final le tocó.

Aquel día, cuando comenzó a leer lleno de inseguridad, la voz le temblaba. Tuvo que interrumpir su lectura varias veces por las risitas que se oían de fondo, hasta que la profesora decidió zanjar todas aquellas bobadas.

—Si alguno se vuelve a reír una sola vez más, mañana pongo un examen —amenazó.

Cuando por fin se puso a leer de nuevo, nervioso y desquiciado por tanta presión e interrupción, el pobre se saltó un párrafo.

—Empieza en el párrafo anterior —le corrigió la maestra.

Con los nervios, el pobre no era capaz de encontrar la frase y su silencio estaba irritando a la profesora.

—Justo en el párrafo anterior, donde pone «Es un llorón…». ¿Pero no lo ves? Justo en el anterior. «Es un llorón…», «Es un llorón…».

La carcajada fue general, al día siguiente tuvieron examen y Carlos se quedó con su mote: Llorón.

Aquel año, su vida alcanzó cotas verdaderamente horribles de sufrimiento. Si esto fuera una película de Hollywood, pronto habría aprendido artes marciales para darles un escarmiento a aquel par de gordos abusones; pero cuando se trata de la cruda realidad, la historia no suele ser tan épica. Es más, la solución fue bastante rastrera y tardó en llegar, así que durante todo aquel curso tuvo que seguir viviendo aterrorizado, lidiando con la marginación, el desprecio y las burlas.

En verano descansó y recuperó fuerzas, pero el terror que sintió aquel lluvioso día de septiembre en que le tocaba volver al cole es algo que solo saben los que han sufrido acosos similares. No logró dormir ni un solo minuto y fue repasando mentalmente todas las posibles burlas que podían caerle por parte de sus queridos compañeros de clase. Además, al pasar de curso ya entraba en el recreo de los mayores, por lo que los Gordos tendrían muchas más oportunidades de acorralarlo. Por la mañana se hizo el dormido, el enfermo e incluso se tiró el cola cao por encima. Todo eso solo le sirvió para recibir una tremenda bronca porque al final tuvo que presentarse en clase aquel día.

Cuando entró cabizbajo en el aula, esperando lo peor, se sorprendió al percatarse de que no era el centro de atención. No lo era porque había llegado una chica nueva a la clase y todos estaban pendientes de ella. Aquella chica era Begoña —su Bego— y se convertiría en su ángel salvador, su confidente, su psicóloga y su amiga durante el resto de su vida.

Justo hasta aquella mañana en la que, tras varios días sin encender el teléfono, Carlos se acercó hasta su casa y se enteró de que había muerto.

UN MES ANTES DEL ATENTADO

Tomás Crespo Cedeira

La madre de su mujer vuelve a estar enferma —como el año pasado, cuando lo atracaron—, su equipo ha perdido contra el eterno rival por culpa de un penalti injusto —como el año pasado, cuando lo atracaron— y no va a ir a la parada de taxis para evitar las bromas de los compañeros —lo mismo que hizo el año pasado, cuando lo atracaron—. Hoy Tomás va a terminar de nuevo ante una navaja y, aunque se repiten casi las mismas circunstancias que hace un año, no hace absolutamente nada para cambiar sus planes.

Se levanta más tarde de lo habitual y su mujer lo reprende con la misma intensidad que cuando madruga. ¡Qué barbaridad! No va a ir a la parada de taxis, demasiado tiene ya con Carmen como para aguantar el cachondeo de los compañeros tras la derrota de ayer. Hoy va a circular por la ciudad, cargando y descargando continuamente. Lleva casi un año sin hacerlo, desde que aquel morito le sacó la navaja, y desea acabar con esa estúpida superstición. Recoger clientes por la calle no es más peligroso que hacerlo en la parada.

Hoy se va a quitar de una vez por todas esa bobada irracional que está condicionando su trabajo. No tiene miedo porque, aunque parece que todo se repite, esta vez hay algo nuevo: un arma. La consiguió ayer mismo, un viejo compañero le ha pasado una porra desplegable. Son ilegales, pero la verdad es que no le importa lo más mínimo. ¡Que lo denuncien! Si alguien intenta atracarlo de nuevo, se va a llevar una sorpresa. Recuerda bien a aquel hijo de puta con carita de crío. Mira que lleva años sufriendo robos de chavales que se dan a la carrera, pero nunca le habían sacado una navaja. Le impresionó el cambio en la expresión del chico cuando le exigió el dinero: ese odio, esa ferocidad animal en la mirada. No quiso arriesgarse a pelear y le dio todo lo que tenía. Está claro que hizo lo que debía, lo mismo que hace siempre con su mujer: no enfrentarse. Es verdad que no vale la pena jugársela por unos míseros euros, pero lo que molesta no es el dinero, es la injusticia. ¡Como con su mujer! Llega un punto en que hay que responder, no te puedes pasar toda la vida evitando enfrentamientos, por eso tiene claro que no le va a volver a pasar lo mismo. No a su edad. Cada vez que recuerda al morito corriendo a toda velocidad con su dinero, le hierve la sangre. ¡Carajo! Debería haber comprado antes el arma, pero le daba pereza y siempre lo iba dejando para más adelante. Hasta ayer.

Sale de casa y se dirige hacia la zona de los colegios. Hoy se lo va a tomar con mucha calma porque trabajará hasta la noche. Ha pensado llegar bien tarde para no ver a Carmen, no puede soportarla… Intenta apartar sus malos pensamientos recorriendo las zonas de la ciudad que más le gustan, conducir le ayuda a relajarse.

Su primer cliente es una abuela con sus nietos.

—Buenos días. A Salesianos.

—Ya mismo.

Da gusto con los abuelos, ponen menos pegas que los padres con eso de las sillas adaptadas para niños, se nota que son de otra generación menos quisquillosa, como su madre. Esa abuela se parece un poco a ella… La semana pasada le llamaron de la residencia y está preocupado, no tiene buena pinta. Siente que la ha abandonado; de hecho, hace mucho que no la cuida como debe. Desde la enfermedad que tuvo su suegra el año pasado, piensa mucho en ella. La madre de Carmen se recuperó de aquellas fiebres y no tuvo que meterla en casa, pero lo que tiene ahora ya es otra cosa… Cada vez que recuerda la injusta comparación entre el trato dado a ambas madres, se pone furioso. La ofensa viene de lejos.

Tras dejar en su destino a la abuela con los nietos, decide alejarse para escapar del atasco que se empieza a formar en esas calles. No ha avanzado más que un par de semáforos cuando un tipo alza la mano para pedir un servicio. La dirección que le indica está lejos y prefiere preguntar:

—¿Por dónde quiere que vayamos? ¿Por la circunvalación?

—¡Por la circunvalación! —le ordena muy bruscamente.

—Es la mejor opción, la verdad. Atravesar la ciudad sería mucho más lento y caro.

El cliente es un hombre moreno de unos treinta años. No tiene mala pinta, pero parece inquieto, agobiado, debe de tener prisa.

—¿Tiene cambio?

—Sí. No hay problema.

Empieza a circular sin decir nada. Solo habla si el cliente lo hace primero, es una norma que sigue a rajatabla. A él le gusta el silencio, lo prefiere al parloteo porque las conversaciones a veces se vuelven molestas. Hay tanto listillo impertinente... El tipo de detrás sigue inquieto, pero permanece callado, así que vuelve a sus pensamientos.

La comparación entre el trato dado a ambas madres le pone de mal humor porque la injusticia viene de lejos. De recién casados, repartían las vacaciones de agosto entre el pueblo de sus padres y el de sus suegros. Cuando estaban con su familia, Carmen siempre descargaba comentarios capciosos, críticas sutiles y pegas encubiertas para cualquier tipo de plan. Nada le parecía bien. Si quedaban a cenar con sus primos y amigos, la cosa era todavía peor. No había ocasión en la que la velada no terminara siendo desagradable. Carmen sentía un inesperado malestar en el último momento y lo obligaba a quedarse con ella en casa o discutían justo antes de salir o, en el mejor de los casos, ella se dedicaba a criticar con saña a las parejas de sus amigos durante los días posteriores a la cena. Por eso él siempre intentaba evitar las reuniones. Al final, para no quedar mal con su actitud esquiva, terminaba adelantando la salida del pueblo antes de lo previsto. Escapar de ese estrés, de esa tensión, de ese continuo mal rollo suponía una auténtica liberación; pero es que, además, en el pueblo de su mujer todo era muy diferente. La estancia en casa de sus suegros era relajada y reinaba el buen ambiente, Carmen estaba feliz con sus padres y todo eran risas y alegrías. Él contribuía, haciendo que la situación fuera agradable, y se prestaba gustoso a quedar con las amigas de ella y sus maridos. La verdad es que todos eran buena gente, eso no puede negarlo, pero realmente no eran mejores ni peores que sus propios amigos. Si su mujer hubiese tenido la misma predisposición que él para crear buen ambiente, el verano habría sido estupendo en ambos pueblos...

—¿Ha tenido mucho trabajo esta mañana? —lo interrumpe de sopetón el cliente cuando van a salir a la circunvalación.

—No, acabo de empezar.

Lo observa para ver si desea seguir hablando, pero no parece prestarle mucha atención: mira por la ventanilla y parece tan nervioso como antes. Su hija pequeña siempre iba mirando por la ventanilla en aquellos viajes al pueblo.

Cuando nacieron sus hijas, la situación empeoró y la injusta comparación fue aún más descarada. En el pueblo de Carmen todo era más cómodo y fácil, ella las dejaba con sus padres de mil amores y podían salir a cenar los dos solos. En cambio, si se trataba de dejarlos con su familia, las pegas eran continuas y nunca se hacían las cosas al gusto de su mujer. Ella malmetía por detrás y él, que era el encargado de hacer de intermediario, terminaba discutiendo con sus padres por la ansiedad que le producía todo aquel tira y afloja. En casa de sus suegros tenía libertad y tranquilidad; en casa de sus padres, broncas y estrés: la diferencia era abismal. Así fue como las vacaciones quince/quince se fueron convirtiendo poco a poco en veinte/diez, luego en veinticinco/cinco y, finalmente, tras una discusión con sus padres y un episodio un tanto desagradable con la mujer de uno de sus primos, se asentaron definitivamente en treinta/cero. Su madre, como siempre, fue muy comprensiva y le dijo que era lo mejor, ella solo deseaba verlo feliz. Sin embargo, él supo que se le partía el corazón.

No, definitivamente no se ha portado bien con su familia. Puede echarle toda la culpa a Carmen, pero él también es responsable de lo ocurrido. Ha sido blando, débil y cómodo: con tal de pasar unas vacaciones tranquilas, les ha dado la espalda a los suyos. Se ha ido alejando cada vez más y más. Al principio le dolía, luego se acostumbró, ahora el dolor ha vuelto con fuerza.

Al morir su padre, sintió la primera punzada. No apoyó a su madre como debía, no estuvo a su lado cuando más lo necesitaba. Justo en aquellas fechas su mujer enfermó y toda la responsabilidad de las niñas y la casa cayó sobre él. A pesar de que sabía lo sola que estaba, viuda y alejada de su hijo, apenas pudo acompañarla. Lo mismo la cabeza se le terminó yendo por eso… ¡Qué diferente fue todo, justo un año después, con la muerte de su suegro! Todo el día visitando a la señora, dejando a las niñas por las tardes para distraer a la abuela. A pesar del rechazo de Tomás, Carmen hizo que su madre durmiera en casa algún fin de semana a base de insistencia y manipulación. Eso le indignó porque tenía demasiado reciente lo de su madre, pero al final no dijo nada.

Pocos años después sobrevino el alzhéimer de su madre e intentó llevarla a casa, pero tampoco pudo. Una vez más, todo fueron pegas por parte de Carmen. Al final se rindió y optó por lo cómodo, lo de siempre: un nuevo abandono, una nueva traición. Con un hondo pesar, ingresó a la pobre en una residencia.

Sin embargo, las injusticias no terminaron ahí. Hace un año, su suegra enfermó de unas fiebres raras y su mujer tanteó la posibilidad de llevarla a casa. ¡Ni siquiera consideró el hecho de que él tenía a su madre internada en una residencia! Recuerda la indignación ante las continuas indirectas de su mujer. Él lo tenía claro: si su madre no vivía en casa por muchas y muy buenas razones, su suegra tampoco iba a entrar. No quería perjudicar a la pobre suegra, pero el colmo de su paciencia ante las odiosas comparaciones ya se empezaba a rebasar. Por suerte, no llegaron a tener esa discusión porque ella finalmente se recuperó; pero por primera vez no cedió sin más. Sin buscar el enfrentamiento directo, dejó caer muy claramente la situación de su madre. Su mujer, como era de esperar, no reaccionó nada bien y la relación entre ambos se agrietó aún más. Él dejó de mostrarse tan complaciente y ella se lo pagó volviéndose insoportable hasta niveles increíbles, criticando cada una de sus acciones diarias, hasta el más mínimo detalle.

Ahora viene lo más irónico: a la madre de Carmen le diagnosticaron demencia senil hace unos meses. Él ya llevaba tiempo advirtiendo que su suegra hacía cosas raras que se asemejaban a las que hacía al principio su propia madre, pero Carmen no quería verlo y retrasó la visita al médico todo lo que pudo. Al final, el diagnóstico no ha sido alzhéimer, sino demencia senil. Carmen está nerviosa y abatida y ya ha empezado la campaña de maquinación, insistencia e indirectas para meter a su madre en casa. Intenta gestionar una nueva injusticia…

—¡Quiero que sigas conduciendo y hagas todo lo que yo te diga!

—¿Perdón?

El tipo de detrás se quita el cinturón de seguridad y saca una navaja que mueve amenazante cerca de su cuello.

—¡No puede ser!

—¿Cómo que no puede ser?

—¡Otra vez!

—¿Otra vez qué?

El cliente está nervioso y vacilante.

—Eh… Bueno, da igual. Eh… Quiero que sigas conduciendo y me vayas dando todo el dinero. No te pares hasta que yo te diga. Si intentas algo raro, te rajo el cuello.

Tomás mira hacia la guantera, pensando en la porra extensible. Descarta la idea de cogerla y luchar mientras conduce. Con eso no contaba. ¡Carajo! ¡No lo van a atracar más! Siente que la furia lo inunda y empieza a pisar el acelerador con decisión. Súbitamente, la velocidad del vehículo aumenta de forma vertiginosa.

—¿Qué cojones haces? —pregunta el atracador desconcertado.

Cuando siente la navaja en el cuello, acelera a fondo y el coche empieza a adelantar a los demás vehículos a una velocidad endiablada.

—Si me cortas el cuello, nos matamos los dos. ¿Sabes una cosa? Es lo mejor que me puede pasar. Hazlo. ¡Hazlo de una puta vez si tienes huevos!

El otro aprieta con la navaja y le hace un pequeño corte.

—Te corto el cuello... Te lo corto... En serio... —lo amenaza.

Van a toda velocidad y están a punto de empotrarse contra un camión que circula delante. Tomás lo esquiva en el último momento y el otro tiene que rebajar la presión de la navaja.

—¿Crees que estoy de farol? Estoy hasta los cojones y ya he vivido suficiente. Solo me vas a ahorrar la demencia senil y el alzhéimer. Prefiero morir, ¡y tú te vienes conmigo, hijo de la gran puta!

El atracador, que se había incorporado hacia delante portando la navaja, se recuesta en el asiento y se pone el cinturón, visiblemente asustado por los violentos bandazos que desequilibran el coche. Van a estrellarse.

—¡Vas a hacer que nos matemos! ¿¡Estás loco!? ¡Para de una vez!

Tomás duda entre frenar o estrellar el coche y acabar con todo. En ese momento, escucha las sirenas. Por el retrovisor ve que se acercan dos motos de la Guardia Civil y disminuye la velocidad. Mientras detiene el taxi, aún lleno de ira, decide que no va a ceder con lo de su suegra. Da igual lo que Carmen maquine, él se va a mantener firme. Su mujer no va a ganar esta vez, en su casa no va a entrar la suegra. ¡Se han terminado las tomaduras de pelo!

Irene Freire Andrés

Está sonada. No se ha recuperado del disgusto que recibió hace un año, nunca lo hará. Lleva todo este tiempo encerrada en una vida que no parece real.

Su marido estaba equivocado y su hijo padece la enfermedad rara que le diagnosticaron desde el principio. La hospitalización ha creado un paréntesis en su existencia y esa pausa, que debería haber sido breve, se ha vuelto eterna. El orden lógico del proceso, y mucho más en un niño, es como una rueda —enfermedad, diagnóstico, tratamiento y curación—, pero la rueda ha dejado de girar.

Tendría que haber reaccionado antes, ahora lo ve claro, pero no lo hizo hasta que el niño fue ingresado. Aquella forma de actuar no fue lógica. Estaba noqueada, superada, y la rutina le ayudaba a digerir. Además, su hijo quería ir al cole, seguir viendo a los amigos… ¿Fue idiota o se estaba engañando a sí misma? Piensa en esa gente que dice que no se arrepiente de nada, los que aseguran que volverían a hacer todo igual si tuviesen la oportunidad de vivir de nuevo. ¡Menuda bobada! Si lo llega a saber, habría hecho las cosas de una forma muy diferente: más juegos, menos regañinas, más tiempo en casa, menos en el trabajo… La lista es larga. Mejor no pensar en eso.

—Lo siento, tiene que salir, ya sabe…

—Sí, claro, son las normas —responde con una sonrisa forzada llena de rabia contenida.

Cada vez se irrita con más facilidad, lleva demasiado tiempo sin dormir y le dan ataques que apenas puede controlar. Se vuelve hacia su niño y le estampa un gran beso, no quiere que la vea enfadada. Desde la puerta agita la mano y muestra su sonrisa más cálida para despedirse.

—Hasta dentro de un ratito.

—Hasta ahora, mami.

Camina lentamente. Acaba de salir de la habitación y no tiene prisa ni planes, no hay nada urgente que acelere su paso, su pulso, su vida. Antes siempre caminaba de una forma rápida, briosa, incluso cuando paseaba; pero ahora todo ha cambiado. Desde que hospitalizaron a su pobre hijo… No. No debe pensar en lo que le hace daño, solo tiene que centrarse en los pequeños detalles cotidianos. Si baja la cabeza para mirar al suelo, no verá los negros nubarrones del horizonte. Observa el piso con atención: deberían buscar otro color menos deprimente que ese beis con manchitas marrones. Algunas baldosas no están perfectamente encajadas y sus juntas se ven negras, llenas de mugre…

De repente, alguien choca con fuerza contra ella. Casi se cae por el impacto, pero no lo hace porque la sostienen agarrándola de una forma excesiva, hasta pegajosa. Entonces levanta la cabeza y se encuentra con la sonrisa rara de ese celador del hospital. Él la sigue sosteniendo con fuerza mientras la mantiene demasiado cerca.

—¿Estás bien?

—Sí, joder. ¡Ya está! —protesta enfadada mientras se deshace con brusquedad de sus brazos.

Se aleja rápidamente sin mirar atrás. Lo ha hecho aposta. No es la primera vez que siente en la nuca la mirada de ese tipo que le da mala espina. Delgado, no muy alto, medio calvo, con la cara picada y olor a desodorante de viejo. Seguro que es soltero y todavía vive con su mamá. Siente escalofríos cada vez que lo ve, parece el típico asesino psicópata capaz de matar a toda su familia y luego tomarse un bocadillo como si nada. Esconde algo extraño en la mirada, no sabe decir qué es. ¿Mira demasiado fijamente o pestañea poco? No está segura, pero cada vez que ve su chaqueta gris con cremallera y esos pantalones siempre tan bien planchados, se le ponen los pelos de punta.

Mira el reloj. Dispone de una hora mientras limpian la habitación y cambian el turno de médicos y enfermeras; durante ese tiempo obligan a todos los familiares a salir, son las normas. Hay muchas normas que no entiende… El vetusto hospital tiene el alma agrietada y envejecida —como sus muros— y esa carencia de humanidad se desparrama por todos sus recovecos.

Ha llegado al baño. Empuja la puerta con el codo para entrar. El olor es tremendo, no han tirado de la cadena. Qué gente más guarra, joder. Coge un trozo de papel para echar el pestillo sin tener que tocarlo directamente con la mano y luego, con ese mismo papel, presiona el botón de la cisterna. Alguien intenta entrar. El picaporte se mueve y chirría, pero la puerta no se abre porque el seguro está puesto.

—¡Ocupado! —dice asqueada.

—…

Nadie contesta. Tras limpiarse con una toallita húmeda —siempre lleva un paquete en el bolso—, se cambia de ropa a toda prisa. Mira su cara en el espejo. ¡Vaya pelo! ¡Qué ojeras! Está reventada por dentro y eso se nota. Con esa luz tenue y parpadeante no se vería guapa ni la modelo más bella del mundo, ¿pero quién quiere estar guapa cuando su hijo se muere? No debe pensar en eso. Saca un bolígrafo del bolso y, con mucha habilidad, se hace un moño bastante decente.

Toc, toc, toc. Desde fuera insisten de nuevo. Parece que alguien se empeña en tocarle las narices.

—¡Busque otro baño, joder!

—…

Como vuelvan a llamar a la puerta… Usa un nuevo trozo de papel para liberar el pestillo y tirar del picaporte, y sale a encararse con la persona de los toquecitos en la puerta, pero allí ya no hay nadie.

Se dirige a las escaleras. Delante del ascensor ve a un grupo de zombis como ella. Es fácil detectar a los que han dormido en el hospital: ropa arrugada, pelo despeinado y mirada perdida. La mayoría son mujeres, pero hay un hombre alto y robusto que está continuamente en el hospital, como ella. A veces se cruzan por los pasillos y a esta hora siempre está esperando el ascensor. ¡Ojalá su marido fuese como ese hombretón!

Al principio su marido estaba siempre disponible, pero, cuando la situación empeoró, se fue escabullendo. Lo primero que hizo fue dejar de ir por las noches; como él seguía trabajando y ella no, lo tuvo bastante fácil. Es curioso que nunca se plantearan que fuera Javier el que dejara su trabajo. Ella ganaba un poco menos, vale, pero… ¿Machismo? Más bien egoísmo y cobardía. Su marido no quiere pasar allí todo el día; de hecho, se ha ido separando cada vez más. Primero dejó de hacer las noches, lo siguiente fue empezar a retrasarse por las tardes, y ahora ya solo aparece un momento para traerle la muda del día siguiente. Antes bajaban a tomar algo juntos a la cafetería del hospital, pero ya no lo hacen. Apenas hablan, no tiene buenas noticias que dar y él ha tirado la toalla. Ella ha hecho justo lo contrario porque sabe que el tiempo que le queda junto a su hijo es muy limitado y desea aprovecharlo al máximo. No se mueve de la habitación, pasa allí día y noche, como ese padre grandullón que se desvive por su hija. Ya ha escuchado algún cotilleo sobre su triste historia en el hospital… Allí solo se cuentan chismes y desgracias, por eso no pone mucho interés en hablar con nadie.

En otras circunstancias, seguramente se habría visto atraída por ese hombretón. Es tan fornido… Parece capaz de cargar con el mundo en su espalda, seguro que sus abrazos la reconfortarían. Tiene unas manos enormes, ella se fija mucho en las manos. Le encanta, y no solo físicamente: no parece desbordado por la situación, sino que aparenta una gran serenidad. Cuando no está con su hija, se le ve siempre concentrado, como si estuviera meditando la forma de solucionarlo todo. A su lado, una debe de sentirse protegida. Hasta ahora no ha hablado con él porque le asusta que derive en coqueteo, y el hospital es el sitio menos adecuado para ello… Pero no puede dejar de mirarlo.

Precisamente ahora lo está observando cuando pasa por delante del ascensor camino de las escaleras. En ese instante, sus miradas se cruzan durante un segundo. Él la saluda con un leve gesto de cabeza y ella se lo devuelve. Mientras baja, piensa en que le encantaría acostarse con él. No se siente con ánimos, pero fantasear con ello supone un pequeño chute de analgésico entre tanto dolor. No es el momento. El remordimiento surge rápidamente, pero el resentimiento sale al rescate: le encantaría hacerlo, aunque solo fuera para joder a su marido.

Daniel Blanco Rivero

Ha tomado una determinación y eso, aunque no tenga mucho sentido, lo ha animado mucho: va a suicidarse en cuanto muera su hija.

Está de nuevo en el hospital. No puede asimilarlo, es demasiado. Se recuperó del accidente en un tiempo récord y lo hizo por su hija, porque no podía abandonarla, solo por eso. Se supone que el cupo de desgracias de cada uno tiene un límite, y si tu mujer y tu hijo han muerto en un accidente, ya lo has superado con creces. No es concebible que te recuperes de semejante horror, que te levantes de tus cenizas, para ver que a tu pequeña le diagnostican un cáncer con una altísima tasa de mortalidad.

A través de la ventana ya se intuye un cambio sutil en el color del cielo, pronto amanecerá. La observa en la penumbra. Está dormida, su cara pálida resplandece en la oscuridad del cuarto; la respiración es lenta, calmada, parece que ahora no siente dolor. Le prometió a su hija que no volverían a separarse, lo recuerda bien porque era la primera vez que la veía después del accidente, y puede que no logre cumplir esa promesa durante demasiado tiempo. Recuerda también otra cosa que le genera al mismo tiempo rabia y asombro. Ocurrió el primer día que llegaron a casa después de salir del hospital. Revive ahora aquello con un dolor inmenso.

Le acababan de dar el alta. Su hermano había acudido al hospital con la niña y se había ofrecido a llevarlos en su coche. Él no quiso. Le dio las gracias por todo lo que había hecho, pero evitó extenderse demasiado, sabía que si permanecían hablando durante mucho tiempo, aumentarían las posibilidades de que su hermano le echara algo en cara y terminaran discutiendo. Se había portado muy bien y no quería estropearlo todo al final. Tomó el taxi con su hija. Ella estaba contenta por volver con su papi a casa y no pensaba en nada más, pero era la primera vez que él subía a un coche después del accidente. Aunque en un par de ocasiones estuvo a punto de gritar, logró aguantar el miedo mientras se agarraba con fuerza al asidero de la puerta y sudaba profusamente. Ansiaba llegar a su hogar para alejarse de médicos y hospitales, de taxistas y coches ruidosos. Sin embargo, la sensación al entrar tampoco fue agradable: los juguetes, las fotos y todos los objetos cotidianos traían recuerdos demasiado dolorosos.

Aquella noche, después de acostar a su pequeña, buscó los vídeos en el ordenador. Allí estaban los cuatro, sonrientes celebrando cumpleaños, disfrutando en la playa de días soleados o abriendo regalos en Navidad. Sacó una botella de güisqui y bebió y lloró hasta la madrugada. Nunca ha creído mucho en Dios, pero ya completamente ebrio, e instantes antes de quedarse dormido, recuerda que por primera vez le habló: «Dios mío, no voy a poder superar tanto dolor, daría lo que fuera por dejar de sufrir tanto, lo que fuera».

Ahora piensa con rabia en aquella frase, no para de darle vueltas. Un cáncer infantil ha sido la respuesta a sus plegarias.

Ojo, que la solución es eficaz, eso no puede negarse. Si su hija muere, se queda sin razones para vivir y puede acabar con el sufrimiento sin reparos. Ella es lo único que lo ata al mundo y acabar con su vida es una forma de cortar la cuerda. Quizá esa ha sido la respuesta a su súplica: quitarle el único obstáculo que le queda para tener las manos libres. ¿Pero qué clase de bestia cruel y despiadada contesta a las plegarias de esa forma? No sabe si es la solución de un Dios malvado y retorcido en el que no cree o los dados lanzados en un azar implacable. Lo que tiene claro es que, por si acaso, no le va a volver a pedir nada.

Se levanta lentamente de esa incómoda silla en la que pasa las noches y sale encorvado de la habitación. Abre la puerta con cuidado para que la luz del pasillo no entre en el cuarto. Una vez fuera, se endereza y arquea su espalda dolorida. El crujido de las vértebras le proporciona un ligero alivio.

—Buenas noches.

No puede evitar un pequeño sobresalto. ¡Vaya susto! Al salir no ha visto a nadie, el pasillo estaba completamente vacío. ¿De dónde ha salido? A pesar de que ya ha pasado de largo, reconoce la silueta inconfundible: es el celador silencioso de cara picada que siempre lo mira de una forma rara.

—¡Buenas noches! —contesta enfadado.

El celador no le responde, se aleja rápidamente y solo cuando está a punto de alcanzar la esquina del pasillo vuelve ligeramente su inquietante rostro con sorna. Daniel juraría que ha disfrutado asustándolo. ¡Menudo chalado!

Decide que es mejor dar la vuelta y entrar de nuevo en el cuarto. No va a dejar a su hija sola ahora que ese tipo raro está merodeando por la planta. Se sienta en la diminuta silla horriblemente incómoda y medita en la semioscuridad.

Su drástica decisión ha supuesto una motivación y ahora se ve más animado. Va a darlo todo, se va a exprimir al máximo hasta perder el aliento, porque sabe que no necesita reservas para después del partido. Cuando pite el árbitro, se acabó. Afronta su situación con mejor actitud, ahora vislumbra el final del túnel, sabe cuándo terminará su sufrimiento. Nunca ha sido creyente, pero ahora desea que Él exista para darle en las narices con el suicidio. Tú te has ensañado y me has destrozado la vida, pues yo me salto tus malditas reglas. Pero lo más probable es que no haya ningún Dios, solo un azar inmisericorde. Cuando empieza la mala racha en el casino, ya no hay quién la cambie. El sistema se ha bloqueado y lo mejor es apagar el dispositivo.

En ese momento, una enfermera entra con ímpetu en la habitación y despierta a su hija.

—Buenos días.

Es muy pronto aún. No sabe por qué entran tan temprano; despiertan a los pacientes solo para comprobar un par de chorradas y luego se van…

Su hija se despereza y lo mira con dulzura.

—Buenos días, princesa.

—Buenos días, papi.

La enfermera es simpática y transmite alegría y entusiasmo. Mientras comprueba la temperatura, le dedica un par de comentarios cariñosos a su niña y hace que sonría. Siempre ha sido una chica alegre, desde que era un bebé. Observa a la enfermera. No es capaz de entender cómo se puede vivir viendo desgracias cada día…

Se escucha barullo fuera, el personal sanitario hace la ronda de primera hora. Es su oportunidad.

—Necesito ir al baño. Salgo un momento, vuelvo en dos minutos.

Cuando aparece de nuevo en la habitación, la enfermera aún no ha terminado, está con la compañera de cuarto de su hija, así que permanece fuera. Pasea arriba y abajo por el pasillo, le gusta caminar mientras piensa y pensar mientras camina, una cosa le lleva a la otra. Es meticuloso y disfruta preparando bien los planes; un suicidio ha de hacerse bien. Tiene mucho que organizar y decidir, no se puede improvisar con algo así. Cuando te quieres suicidar, deseas atracar un banco o te dedicas a programar, hay que ser meticuloso. Por eso se ha esmerado en repasar con cuidado el abanico de opciones para llevar a cabo su plan. A eso destina el poco tiempo que no pasa con su hija. Piensa en ello mientras ella duerme, cuando va a la cafetería a comer y durante la hora que sale por las mañanas.

Ve salir a la enfermera y aprieta el paso.

Le cuenta varios chistes a su hija, es muy malo contándolos y precisamente por eso ella se ríe, tiene una carcajada maravillosa. Alentado por el resultado, sigue bromeando hasta que entran para decirle que debe irse; es la hora del cambio de turno. Retrasa la salida, no quiere detener ese momento de alegría. Cuando la enfermera vuelve a insistir, sale de la habitación disgustado.

Se encamina directamente al ascensor. Hay gente esperando y se coloca ligeramente retrasado para no tener que hablar con nadie. Ve que se acerca la madre guapa con la que nunca ha hablado. La *madre guapa*, así es como se refiere a ella en sus pensamientos. Se ve frágil, transmite una tristeza infinita, despierta su instinto protector. A él siempre le ha complacido erigirse en protector de los débiles, por eso se siente tan frustrado con todo lo que le ha ocurrido a su familia... Se encuentra a menudo a la madre guapa porque están en la misma planta y ella también pasa mucho tiempo en el hospital, pero nunca se dicen nada. Sabe que su hijo está enfermo, los ha visto juntos. El niño es menor que su hija. ¿Y el padre? ¿Será también viuda? Ella le agrada porque es discreta, no cuenta, no se queja. Los asiduos terminan hablando y a la gente le encanta quejarse del hospital, de las normas, de la cafetería, de los médicos y enfermeras. Pero ella, como él, no cuenta nada y evita relacionarse con el resto. Aunque es muy atractiva, no se preocupa en acicalarse ni muestra un ápice de vanidad, no parece que la razón de su actitud sea la soberbia. Simplemente, se mantiene distante, no debe de querer parlotear y compartir su sufrimiento, lo mismo que él.

Percibe que la madre guapa lo está mirando y se gira levemente cuando pasa junto a él camino de las escaleras. Ella nunca usa el ascensor, siempre baja andando. Sus miradas se cruzan un instante y le hace un leve gesto de cortesía con la cabeza. Ella responde de igual forma. Se ve cansada, pero, aun así, sigue siendo guapa. Está tan delgada que parece todavía más delicada de lo que recordaba...

El taxista está inmerso en una animada charla con los colegas del gremio; pero al ver que se acerca, le abre la puerta con amabilidad. Le suena la cara, ya conoce a casi todos.

—Vamos primero al cementerio, luego le voy indicando.

Desde que tomó la decisión, va siempre en taxi. Todo es más sencillo cuando no hay que preocuparse por el dinero, su vida ha mejorado en ese sentido. Incluso ha dejado de pedir la baja. No tardarán en despedirlo, pero tener que acudir al médico era molesto y hacía que se separara de su hija. La doctora de la Seguridad Social se ha portado muy bien. Le ha estado recetando antidepresivos —que él nunca se ha llegado a tomar— y le ha ido renovando la baja sin poner jamás la más mínima pega. Hace un tiempo le llamaron los de Inspección para corroborar su expediente; pero, a la vista de su situación, no han dicho nada. Lo malo es que tuvo que contarles sus desgracias y eso le disgusta. No lo volverá a hacer, guarda ahorros suficientes para vivir unos meses y se puede permitir no trabajar nunca más.

Baja la ventanilla, el frescor de la brisa en la cara le sentará bien. Alejarse del hospital le relaja, aunque solo sea un ratito. Si su hija pudiera... Debería sacarla a dar un paseo, tomar un helado y darse un baño antes de que sea demasiado tarde...

—Hemos llegado.

La voz del taxista le saca de sus pensamientos.

—Espéreme aquí. Ahora vuelvo.

—No se preocupe.

Compra flores en la puerta y entra rápido en el cementerio.

Al salir, el taxi le lleva directamente a la tintorería que hay junto a su casa. Recoge la ropa limpia, sube a cambiarse y finalmente deja la ropa sucia en la tintorería antes de subir al taxi de nuevo.

—Volvemos al hospital.

En la entrada del edificio se cruza con el siniestro celador carapicada, que ha terminado el turno de noche. Camina de una forma peculiar, sigilosa, como de puntillas. Cuando pasa a su lado, le mantiene la mirada con una especie de mueca provocadora. ¿Pero qué cojones le pasa a ese tarado?

Le viene a la mente un libro que leyó hace tiempo, cuyo protagonista, cuando tiene la certeza de que va a morir, se dedica a matar a todos los que odia. ¿Matar al celador loco antes de suicidarse? La idea le divierte, pero niega con la cabeza mientras camina.

Iñaki Cabrera Piedra

Iñaki ha comenzado a ir a la universidad hace solo unos meses y sus padres se han alegrado mucho del cambio de aires. Alejarse del barrio era lo mejor que le podía pasar porque allí siempre andaba metido en peleas y problemas. El ataque que sufrió el año pasado quedó en una simple anécdota, pero le podía haber costado la vida. Sus padres se llevaron un susto monumental cuando recibieron la llamada y tuvieron que salir corriendo para el hospital en plena noche.

Lo malo es que a Iñaki le gusta hacer el bruto y es un chaval que disfruta con la acción, por lo que pronto se ha buscado a gente de su estilo en la facultad. La cabra siempre tira al monte… Realmente ha sido una mezcla de casualidad y suerte: el compañero que se sentaba a su lado en el aula le propuso ir un día al entrenamiento del equipo de rugby y él quiso probar. Todo aquello le fascinó desde el primer momento. La rutina de entrenamientos, los partidos, el tercer tiempo… El rugby le va que ni pintado porque saca provecho de sus principales cualidades: es rápido, fuerte y bruto. Le falta aún mucha técnica, pero sus placajes han llamado la atención desde el principio. En su primer partido hizo uno espectacular que ha quedado para la posteridad: alguien lo grabó con el móvil y no para de circular entre los del equipo. Le han puesto de mote *Chabal* por el genial jugador francés famoso por sus placajes. Le gusta el apodo, ha buscado los vídeos de Chabal en YouTube y no se cansa de verlos. Realmente ha encajado a la perfección con los del equipo de rugby, son unos bestias pirados con los que se siente totalmente identificado. Disfruta entrenando y saliendo por la noche con ellos, ahora son su nueva pandilla.

Iñaki está bebiendo con los del rugby en el parque de la Fuente, un lugar muy frecuentado por la juventud las noches de los sábados. Pueden verse multitud de corrillos en las zonas arboladas circundantes a la pequeña fuente central que da nombre al parque. Entonces, uno de los del equipo regresa al sitio donde se han aposentado. Viene de la fuente riendo, con una actitud sospechosa. Cuando llega, lo primero que hacen es preguntarle por su risa.

—¿Qué has hecho?

—Nada, nada. Ya lo veréis más tarde…

Se quedan mirándolo, pero como no añade nada más, continúan con su conversación.

—Entonces, ¿qué es eso del PPP? —pregunta Iñaki.

—¿Sabes lo que es un perro patada?

—No.

—Un pequeño chucho insoportable, un ladrador compulsivo que deseas poder levantar de una buena patada.

—Vale. ¿Y?

—La idea es sencilla: enviamos al Pequeñajo —dice señalando al más menudo del equipo— a buscar pelea mientas el resto nos quedamos un poco rezagados. Cuando consigue provocar a alguien, aparece-

88

mos todos rápidamente y les zurramos de lo lindo. Eso es el PPP: Plan del Perro Patada.

Iñaki mira al Pequeñajo, que tiene una cara de loco que impresiona, y se ríe con ganas.

—¡Mola!

—Se me ocurrió a mí —exclama uno con orgullo.

El que suscribe ocupa una posición en medio de la melé, es un gigante con una musculatura descomunal, el más grande del equipo.

—Las normas son importantes... —interrumpe el Pequeñajo.

—¿Normas?

—Claro. No somos unos salvajes, aquí hay reglas —apunta con sorna.

—¿Y cuáles son?

—Pues solo son dos. La primera es que el inicio del ataque físico tiene que partir de los contrarios. Debo conseguir que me intenten golpear, si se limitan a insultarme no está justificada la pelea...

—La segunda es muy estricta —interviene otro—. La puse yo, que ya he tenido malas experiencias: no se puede golpear jamás con algo que no sean las propias manos o pies. Nada de botellas, piedras o palos... ¡Y solo golpes en zonas blandas para no causar roturas ni brechas!

Iñaki, que también posee experiencia en peleas, sabe bien por dónde van los tiros.

—Ya. En medio del barullo y el alcohol de la noche, una pelea sin heridos graves queda en una mera anécdota, no suele haber denuncias si nadie necesita ser hospitalizado. Aunque te llegaran a juzgar, que no suele pasar, sería una simple falta si no hay roturas de huesos o puntos de sutura.

—Muy bien —asiente el otro sorprendido—. Veo que hemos realizado un buen fichaje.

Todos ríen.

La noche transcurre con la alegre normalidad de los sábados, con el habitual jolgorio de la juventud, pero todo va a cambiar súbitamente. Una horda de encapuchados entra en el parque corriendo y golpeando a mansalva: ha habido partido de fútbol en el estadio y parece que los ultras quieren desahogarse. El ambiente jovial se esfuma y es sustituido por un caos monumental en el que nadie sabe hacia dónde correr para salvarse. Aquellos energúmenos vienen de todas partes. Iñaki trata de buscar la mejor ruta para huir cuando observa que los de su equipo no se mueven.

—No nos van a echar del parque. El rugby es de hombres, el fútbol de nenas —brama el gigante del equipo muy convencido.

Permanecen inmóviles en medio del parque y los encapuchados se aproximan a toda velocidad. Avanzan corriendo y gritando a la caza de los que escapan. Los del rugby lanzan sus copas al suelo y se preparan para defenderse.

El primero que pasa cerca de ellos porta un bate de béisbol. Va muy rápido, pero cuando ya está cerca se detiene extrañado: no es normal encontrarse con un grupo que no parece tener miedo. Vacila un instante y decide seguir adelante. Entonces llegan más ultras y los del equipo se desplazan para formar un círculo compacto y evitar que alguno quede aislado. Los

90

rodean, pero no se atreven a atacarlos; cada uno espera a que comience el otro. El gigante da un paso al frente y arquea los brazos en pose retadora exhibiendo pectorales.

—¡Auuuuh!

Es un mastodonte al que le encanta el gimnasio. Con unos pocos minutos diarios de ejercicio se hincha como un gorila, y eso que no toma nada ilegal para desarrollar su musculatura. Su religión gastronómica solo contempla dos dioses: pechuga de pollo y arroz.

Tras el desafiante alarido del grandullón, la pandilla del equipo de rugby espera el ataque de la horda de encapuchados, pero nada ocurre. Aquellos valientes deciden pasar de largo y continuar su carrera en busca de presas más fáciles. Los gritos se alejan y se quedan solos, en medio del parque, con una extraña y silenciosa paz alrededor.

Imitan a su amigo mientras empiezan a reír a carcajadas.

—¡Auuuuh!

—¡Auuuuh!

Iñaki está feliz, su corazón late con fuerza y la euforia es incontenible. Es una sensación magnífica. Cuando estaba con sus amigos del barrio, él era el más fuerte y sentía la responsabilidad de protegerlos; un liderazgo autoimpuesto que le rondaba siempre como un ligero cosquilleo. Ahora pertenece a un grupo de auténticos espartanos y se encuentra relajado, integrado y feliz, no necesita demostrar nada.

Al salir del parque, pasan junto a la fuente. Se ha formado tal cantidad de espuma que la pequeña estatua que hay sobre los chorros apenas se ve. Una marea de densas burbujas ha rebosado por fuera y cubre toda la zona cercana a la fuente con un grueso manto blanco. Aquel que había venido con actitud sospechosa al principio de la noche empieza a reír sin parar.

—¿Has sido tú?

El otro no es capaz de responder por la risa, solo afirma con la cabeza.

—¿Cómo?

—Fairy.

—¿Fairy?

—He echado una botella entera de jabón Fairy en la fuente.

—¡Qué grande!

Todos ríen a carcajadas, son una panda de pirados. Lo que no se plantean, porque no son capaces ni de imaginarlo, es que alguna vez sus chorradas pueden terminar mal.

Vicente Belas Montánchez

Después de aquella noche loca en la que tuvo la gran bronca con su novia y terminó robando una pistola en un puticlub, Vicente ha conseguido asentarse un poco: trabaja desde hace unos meses en una empresa de seguridad privada.

Su primer destino ha sido el almacén de un polígono industrial. Vigila por las noches para que nadie se acerque a robar en esa zona solitaria. Cuando entra en el polígono, los otros trabajadores ya regresan a sus casas. Anochece pronto y la oscuridad lo envuelve todo antes de que empiece a trabajar, es invierno. Los faros de su coche se cruzan con los del resto en una lucha absolutamente desigual. Todos pasarán la noche descansando en sus cálidos hogares mientras a él le toca trabajar con un frío espantoso. Saluda a los últimos en salir, cierra la puerta con llave y se pone a dar paseos para no morir congelado. Hay una pequeña televisión que no enciende porque hace demasiado frío para estar quieto; prefiere poner la radio mientras pasea por la enorme nave. Va muy abrigado, con camiseta térmica y varias capas debajo de un buen abrigo; pero nada es suficiente, inhalar ese aire congelado le produce dolor de garganta.

No es un gran trabajo; es una labor triste, solitaria y aburrida para alguien que pudo haber llegado lejos en el ejército. Sin embargo, le va que ni pintado: si no ve a nadie, no puede enfurecerse con nadie. Además, ahora que la construcción está parada y todos son oficinistas listillos que dominan internet, quedan pocas oportunidades para los hombres como él. Mientras pasea, le atrapa la melancolía pensando en aquella dichosa medalla del ejército. Todavía la guarda en una cajita de madera junto con una pluma estilográfica, el reloj de su padre y la alianza de su madre. Podría haber salvado vidas en Afganistán, Irak u otros lugares, y ha terminado de vigilante de seguridad con porra y esposas como armas. Si no fuera por aquel maldito gilipollas... Es un pensamiento que le hace daño, por eso se fuerza a rememorarlo cuando está tranquilo: para intentar reprimir sus impulsos. Lo malo es que luego llegan los calentones y no es capaz de contenerse... Sonríe amargamente al recordar todo aquello. Aquel imbécil llevaba tanto tiempo tocándole los cojones...

El día que cambió su vida amaneció con un cielo despejado que no hacía presagiar nada malo. Era un viernes maravilloso que anticipaba un gran fin de semana. Había estado desmontando piezas del motor durante toda la mañana y aún tenía la llave inglesa en la mano. Caminaba al lado de un compañero del curso de conducción de camiones con el que se llevaba muy bien, bromeando ilusionados con lo que harían durante la noche. Entonces, apareció aquel gilipollas con su sonrisita y su mala baba y lo cambió todo para siempre.

—El comandante ha encontrado un par de botellas escondidas en el barracón y nos ha dejado a todos sin permiso de fin de semana. Dile a tu amigo *el héroe* que mañana le toca limpiar letrinas.

No solo fue la frase y la expresión de la cara con la que dijo aquello, fue el tonito que utilizó. Aquella frase maligna llevaba implícita tanta violencia y tanto odio que no fue capaz de contenerse. Su arrebato de cólera inmediata le hizo golpearlo en la cara con todas sus fuerzas. No fue su intención hacerlo con la llave o, al menos, no fue plenamente consciente de ello. Simplemente fue un acto reflejo. Si llega a tener las manos vacías lo habría hecho con el puño y todo habría quedado en una simple pelea, pero en su mano derecha tenía una llave inglesa. El otro se giró rápidamente para evitar el golpe, pero no lo suficiente. El impacto fue tremendo y le destrozó la mandíbula. Una vida tirada al retrete por un solo golpe, un golpe furioso, un golpe merecido, pero un mal golpe. Eso supuso el fin de su carrera militar. De la medalla de héroe al golpe de villano en el transcurso de muy poco tiempo. Podría haber salvado a muchos en situaciones de peligro, estaba dotado de la sangre fría y la rapidez necesarias, ya lo había demostrado con lo de la condecoración... Habría sido un buen militar, seguro, pero todo se fue a la mierda por culpa de aquel malnacido, de una maldita llave de metal... y de su ira.

Es momento de alejar esos pensamientos, ya se ha martirizado bastante por hoy. Ahora vive tranquilo, desde hace meses solo lucha contra enemigos que no existen. Lo único que interesa es su presencia disuasoria en esa nave industrial desierta. Insistieron en que lo primero que debe hacer ante cualquier problema es llamar a la Guardia Civil, nunca actuar a no ser que sea absolutamente necesario. También le han dicho que no salga del local, su responsabilidad se limita al interior, fueron muy claros en ese sentido.

Duerme por el día, trabaja por la noche y ya no tiene novia: no habla con nadie, no discute con nadie. Va al revés que el resto y se ha convertido en una especie de fantasma. Quizá sea lo mejor, la única manera de evitar problemas. Disfruta de un periodo sosegado en su vida, pero sabe que será efímero porque, al final, de una u otra forma, la situación siempre se termina complicando.

De repente, oye un estrépito que interrumpe sus pensamientos. ¿Qué coño ha sido eso?

Al cabo de unos segundos de silencio se escucha un nuevo ruido, luego otro más. Parece que provienen de la parte trasera del edificio. Los golpes no cesan y decide salir. Rodea sigilosamente el edificio a toda velocidad, pegado a la pared para no ser descubierto. El sonido parece venir del otro lado de la calle, así que avanza decidido hacia allí. Los golpes continúan. Debería haber cogido la pistola que esconde en el coche, la que robó en el puticlub hace unos meses; pero ya es tarde. Llega a otra nave, que es aún más grande que la suya, y solo le queda dar la vuelta a la esquina. Se gira, enciende la potente linterna que lleva en la mano y grita con fuerza.

—¡Alto, seguridad!

Están demasiado lejos como para identificarlos, pero distingue perfectamente a un grupo de tres personas manipulando algo junto a la pared. Al verse sorprendidos, se vuelven asustados y emprenden la carrera hacia una furgoneta blanca aparcada al final de la calle. Vicente los persigue, pero no es lo suficientemente rápido, van a escapar. Entonces uno tropieza y cae. Los otros no se vuelven, suben a la furgoneta y arrancan a toda velocidad sin esperarlo. El que está en el suelo se incorpora y grita mientras intenta inútilmente perseguir al vehículo que se aleja. En ese preciso instante, el vigilante salta sobre él y lo derriba con fuerza.

El chaval, que no debe de tener más de dieciocho años, se revuelve e intenta golpearlo, pero él es más diestro. Le propina un fuerte puñetazo en la cara, lo gira en el suelo mientras le retuerce un brazo y le pone las esposas de una forma brusca y brutal. Tras inmovilizarlo boca abajo, se levanta para recobrar el aliento. Respira agitadamente en la oscuridad, con el cuerpo vencido y las manos apoyadas sobre las rodillas. No está en forma, debería apuntarse a un gimnasio. Está sudando y el denso vaho frente a su boca le recuerda que debe regresar a su puesto de inmediato, antes de enfermar. Además, se da cuenta de que ha dejado la puerta abierta. Si alguien entra, se queda sin trabajo. Levanta al chico con fuerza y lo lleva a empujones hasta la nave. Una vez dentro, y tras cerrar con llave, deja al chaval sentado junto a la entrada mientras comprueba que el lugar está completamente vacío. Tras finalizar la inspección, llama a la Guardia Civil y se acerca a hablar con el chico.

—¿Qué cojones hacíais?

—¡Suéltame! ¿Quién te crees que eres, cabrón?

—…

No responde, solo observa el ojo hinchado del chaval. Coño, lo ha vuelto a hacer.

—No he hecho nada y tú me has pegado y esposado. Se te va a caer el pelo, ¡no eres un picoleto!

—El pelo se te va a caer a ti. El intento de robo con butrón os va a salir caro...

—Soy menor de edad y no hemos llegado a hacer nada. Tú vas a salir peor parado que yo, te voy a denunciar si no me sueltas...

La chulería del chaval le está poniendo de los nervios, así que decide alejarse a la espera de que vengan y se lo lleven. Sube el volumen de la radio y camina de un lado a otro mientas lo observa de lejos. La ha cagado una vez más. No ha sabido resistir el impulso. ¡Mira que le dijeron que no saliera de la nave! Si se hubiera limitado a llamar a la Guardia Civil desde dentro... Podría haberse quedado tranquilamente allí, evitando líos... Pero no, ahora tendrá que admitir que salió de la nave, hablar con la Guardia Civil, testificar en el juicio... Ese chaval tiene razón, va a terminar siendo el malo de la película. La ha vuelto a cagar y lo van a echar a la puta calle. Si ese niñato lo denuncia, puede que incluso sea peor...

Carlos Paredes León

Echa de menos a Bego, está peor desde que murió. No puede dejar de pensar en aquel momento, en el pasillo del edificio, cuando la vecina le dijo que había muerto. Ahora tiene que vivir sin ella, sin su amiga, la que le ha ayudado toda la vida, su ángel salvador en el colegio. Ella se ha ido, pero no lo ha abandonado, puede sentir su presencia: poco tiempo después de su muerte, ha aparecido de nuevo en su vida. Es increíble el parecido de esa madre del hospital con su guapa amiga del cole, le recuerda tanto a ella… La *Nueva Bego* —así es como la ha bautizado— es una copia auténtica de su amiga. ¡Hasta huelen igual! Hoy la ha tocado, la ha olido para cerciorarse de que realmente existe. Le ha salido perfecto porque ha parecido un choque fortuito. Ella iba mirando al suelo y ha tenido la posibilidad de asirla tras el golpe, de sentir su peso y su olor. No, claro que no es un fantasma. Parece que ahora su infancia vuelve de nuevo: su amiga y el Gordo, todo cuadra. Se regocija pensando en el susto que le ha dado al Gordo esta mañana. ¡Menudo salto ha dado! Sonríe. No puede ser uno de aquellos Gordos abusones del colegio, ¿o sí? Da igual, lo importante es que ya no teme a los grandotes ni a los brutos. Es una sensación placentera que le reconforta. Mientras en la tele ponen un programa sobre reparación de coches antiguos, recuerda su infancia con Bego en el colegio.

Los padres de Bego se trasladaron de ciudad y al principio buscaron un colegio privado para su hija, pero tenían uno público justo frente a su casa y la comodidad acabó por convencerlos.

La niña se ganó a los chicos de clase con facilidad. Los muchachos se centraron en la novedad y dejaron de lado a las compañeras de toda la vida, a las que tenían muy vistas. Les impresionó mucho su actitud tan diferente al resto de féminas: tenía un humor irreverente y despreocupado que los dejaba estupefactos. Pero al cabo de un tiempo la atención de los chicos se fue diluyendo y volvieron a sus juegos y deportes. Las chicas, envidiosas por haber sido eclipsadas inicialmente, no le dieron ninguna oportunidad y ella tampoco intentó un acercamiento. Desdeñaba las pequeñas confabulaciones y cotilleos que conformaban la vida cotidiana de las chicas: habla con esta, no vayas con la otra, vamos a hacerle el vacío a aquella... Se llevaba especialmente mal con la líder del grupo, detestaba su dominio manipulador y la obediencia ciega por parte de las gregarias. Begoña era muy fuerte y fue capaz de llevar bastante bien la soledad, lo que no impidió que se fijara en aquel niño delgaducho, al que también marginaban. Ambos se hicieron pronto amigos inseparables. Begoña era la única persona del colegio con la que Carlos se sentía a gusto, la admiraba por su gran carácter, su enorme personalidad y sus atrevidas ocurrencias, y a ella le agradaba compartir su tiempo con aquel chaval especial y vulnerable de tristeza perenne en la mirada. Ambos se confiaban todo, sin secretos, y en esas conversaciones fueron apareciendo los planes descabellados y las teorías imprevisibles de Begoña.

Era la hora del recreo. Unos chicos jugaban al fútbol, otros al baloncesto y otros se daban golpes y empujones; todos corrían y gritaban como locos. En una esquina, sentadas en las escaleras de acceso a las clases, las chicas pasaban el tiempo sin el derroche físico de sus compañeros. Frente a ellas, sentados en el suelo con la espalda apoyada en el muro, un chico y una chica charlaban animadamente. Begoña le estaba enseñando a Carlos el funcionamiento de la sociedad en el colegio. Le gustaba explicar este tipo de cosas.

—¿Qué ves en el patio?

Carlos miró a su alrededor y resumió lo que estaba viendo.

—Chicos haciendo distintos deportes y chicas hablando.

—¿Dónde está la violencia?

Carlos observó con detenimiento durante un largo rato, sabía que la pregunta tenía trampa, así que se tomó su tiempo.

—Pues no sabría decirte, la cosa está entre los del partido de fútbol y aquellos de allí que juegan a golpearse —dijo para intentar abarcar más opciones y no equivocarse.

—No.

—Bueno, los del baloncesto también están haciendo el bestia…

—No.

—¿No? Mmmmm.

—No. La violencia está donde menos te lo esperas. Lo que ves es brutalidad sana, yo te hablo de violencia concentrada, de maldad en estado puro. Fíjate en el grupo de pacíficas chicas: ahí está la violencia, la verdadera maldad. Es una guerra psicológica y encubierta, en la que cada palabra y cada silencio están cargados de metralla. Vosotros sois como perros: brutos, simples y directos. Nosotras somos mucho más listas y retorcidas. Os sacamos tanta ventaja en psicología social y del comportamiento como la que nos sacáis dando puñetazos. Obsérvalo todo y aprende a maquinar.

—Maquinar, ¿eh? ¿Y qué es lo que, según tú, debo maquinar? —preguntó sospechando la respuesta.

—Vamos a ver, es evidente. Te están machacando la vida, no paran de meterse contigo y no te defiendes. Tienes que hacer algo.

—¿Y qué quieres que haga? ¿Enfrentarme a toda la clase? Bastante marginado estoy ya… La mayoría son más fuertes y no puedo luchar yo solo contra toda la clase.

—Ahí está el truco. Tú mismo acabas de dar con la solución.

—¿Cuál? —preguntó sorprendido.

—La mayoría son más fuertes que tú, *la mayoría*. Eso significa que alguno es más débil y puedes enfrentarte a él.

—Sí, vale, muy bien —dijo con desgana para zanjar el asunto.

—Tienes que hacer lo mismo que hacen los Gordos: escoger al más débil y darle una paliza en público. Nadie lo defenderá porque nadie se lo espera.

—Claro…

—Ya tengo al chico perfecto: Pedrito. Con ese puedes fácilmente, te lo aseguro.

—¿Pedrito? Pero si es justo el que menos me molesta. Es muy tranquilo y va a lo suyo, no pertenece a ningún grupo.

—Pues precisamente por eso nadie va a salir a defenderlo. La violencia existe y hay dos formas de enfrentarse a ella: deteniéndola con fuerza y determinación o encauzándola hacia otro lado. Yo, por ahora, te veo más cercano a lo segundo; no te ofendas.

—Cojonudo, mi única amiga me está llamando mariquita a la cara.

—La mariquita es un animal al que todo el mundo menosprecia, ¿pero sabes de qué se alimentan las mariquitas? De pulgones. ¡Hasta el animal más frágil es capaz de zamparse a otros más pequeños! Eso es lo que tienes que hacer tú. Pedrito es tu pulgón, aplicaremos la Estrategia de la Mariquita. Eso es, me gusta el nombre: la Estrategia de la Mariquita.

—O sea, que tengo que hacerle a Pedrito lo que no quiero que me hagan a mí. ¡Olvídate!

—Pues te van a seguir machacando…

En ese momento, al ver que se acercaban los Gordos, Begoña se quedó callada; Carlos, en pleno ataque de pánico, no fue capaz de moverse.

—¿Qué? ¿Las nenas están sentadas de charlita? —dijo uno de los Gordos mientras golpeaba suavemente la pierna de Carlos una y otra vez.

Begoña se levantó como propulsada por un muelle y se encaró con él. No le llegaba ni a la altura de la barbilla, pero el Gordo retrocedió un paso ante el ímpetu de aquella insolente pequeñaja. Luego, ya recuperado de la sorpresa, se quedó parado muy cerca de ella, tratando de intimidarla. Carlos hizo un tímido amago de levantarse para defender a su amiga, pero el otro Gordo le pisó la mano. Su chillido de dolor quedó eclipsado por el ruido del timbre que anunciaba el fin del recreo.

Un profesor que bajaba las escaleras para comprobar que todos los muchachos subían rápidamente a sus clases vio la escena y se dirigió a ellos con un grito.

—¡Eh, vosotros! ¡Dejad lo que estéis haciendo ahora mismo! ¡Subid a vuestras clases!

Los Gordos se alejaron con desgana mientras Begoña ayudaba a Carlos a levantarse. Esta vez habían tenido suerte, pero no iban a poder escapar siempre.

Unos días después, aprovechando que la profesora había salido del aula, uno de los chicos le robó a Carlos el estuche que le acababan de comprar sus padres. Tenía una gran cremallera y era muy bonito: de un brillante color azul con un rayo dorado dibujado en el centro. Carlos se acercó al que se lo había arrebatado para que se lo devolviera, pero el estuche salió volando hasta otro compañero. Cuando fue a por él, se produjo un nuevo lanzamiento. Así se lo fueron pasando sin que nunca pudiera llegar a tiempo.

Uno de los chavales abrió la cremallera para mirar dentro y ese momento de distracción le permitió llegar antes de que saliera lanzado de nuevo. El que lo tenía, viendo que Carlos ya estaba encima de él, se lo pasó al chico de detrás. Ese alumno estaba sentado tranquilamente en su sitio y era el único que no estaba participando en la algarabía reinante. Era Pedrito.

El estuche quedó apoyado sobre la mesa de Pedrito, con uno de los lápices saliendo de la cremallera. Los compañeros gritaban sin parar —«pásamelo, pásamelo, pásamelo»— mientras Carlos lo miraba fijamente y le decía que no con la cabeza. Pedrito dudó. Estaba a punto de entregar el estuche a su dueño, pero en el último instante cambió de opinión y se lo lanzó a otro compañero. Los lápices salieron disparados por el aire y empezaron las risas. Fue el momento en el que Carlos explotó y le estampó un tremendo bofetón que resonó en toda la clase.

Todos se quedaron callados de repente. El pobre Pedrito, proyectado por el guantazo, tropezó con la silla y cayó al suelo. En el aula continuaba el silencio y, justo en el momento en que Pedrito rompió a llorar, entró la profesora.

—¿Qué está pasando aquí?

—Estaban jugando y Pedrito se ha tropezado con la silla —dijo rápidamente Begoña.

—¡Pues sentaos todos de una vez! ¡Esto es un aula y no un patio de juegos!

Pedrito seguía hipando y llorando, por lo que finalmente la profesora salió con él para tranquilizarlo y darle un vaso de agua. Según salieron de la clase, el comentario de Begoña fue instantáneo:

—¡Menudo llorón!

Se escucharon risas y todos empezaron a corear: «Llorón, llorón, llorón».

Desde aquel momento, Pedrito no solo heredó el apodo de Carlos, sino también su posición social, y su vida empezó a empeorar a la misma velocidad a la que mejoraba la del otro.

La Estrategia de la Mariquita había funcionado a la perfección. Él jamás se llegó a sentir orgulloso de lo que había hecho, pero tampoco olvidó que gracias a aquello escapó de su tormento diario. Lo malo es que el asunto no quedó ahí. Como habían hecho antes con él, los cabecillas de la clase empezaron a atacar a Pedrito con una serie de burlas que iban en aumento. Mientras tanto, el resto coreaba con risitas malvadas y cómplices todas aquellas vejaciones. Pedrito era ahora el último de la fila y su nueva situación no le auguraba nada bueno.

Un colegio es como un arrecife de coral: un gigantesco ser vivo compuesto por muchos individuos que actúan en conjunto, interaccionando continuamente entre ellos. Dentro de ese enorme ecosistema, cualquier cosa que le pase a uno de sus miembros es asimilada y compartida por el resto con celeridad, por eso Pedrito tenía poco tiempo para detener el incendio antes de que se propagara y se acrecentara hasta hacerse incontrolable. Pedrito debió de pensar que lo mejor era responder a los ataques con contundencia. Atacar a los más fuertes para ganarse el respeto. Si los cabecillas aceptaban que él no era una presa sencilla, buscarían otro blanco más fácil para sus burlas. El caso es que, cuando uno de ellos empezó a reírse de él por haber tropezado, Pedrito respondió con un gran empujón y lo derribó al suelo. El impulso no fue para tanto porque Pedrito era muy poca cosa, pero el factor sorpresa fue determinante para derribarlo. El grandote se levantó más enfadado y humillado que dolorido e, inmediatamente, hizo lo que ya había visto hacer antes al mierdecilla de Carlos con tan buen resultado: le plantó un tremendo bofetón en la cara. Pedrito intentó resistir el llanto con todas sus fuerzas; sin embargo, las lágrimas que se le acumulaban en los ojos empezaron a desbordarse sin que pudiera evitarlo. Salió corriendo para que no lo vieran, pero ya era demasiado tarde. Ahora sí que estaba perdido, pues llorar dos veces seguidas en un corto intervalo de tiempo era algo que dejaba su imagen irreparablemente dañada. Llorón, llorón, llorón. Carlos sabía bien lo desesperado y aterrado que debió de volver Pedrito a casa tras el colegio, con esa horrorosa angustia metida en lo más profundo de su mochila.

Pedrito intentó desviar las burlas durante los días siguientes, pero solo fueron tristes tentativas infructuosas. Después tiró la toalla y pareció asimilar que la oportunidad de redimirse se le escapó junto con aquellas malditas lágrimas vertidas. Desde ese momento ya no volvió a llorar, al menos no hacia afuera.

El proceso de hundimiento de Pedrito fue muy similar al suyo, pero muchísimo más rápido. No vivió esa lenta aclimatación al desprecio que había padecido él desde la infancia y no poseía su formidable capacidad de resignación para encajar las burlas y la marginación. La falta de sueño y el rápido adelgazamiento marchitaron su cuerpo hasta convertirlo en un esqueleto andante, y a su paso se oían continuas risitas por el colegio. Las notas cayeron en picado, lo que le trajo reprimendas públicas de las profesoras y más burlas de sus compañeros. Carlos lo veía y le daba mucha lástima porque era capaz de sentir lo que el otro estaba sintiendo. Quería aconsejarle que estudiara para rebajar un poco la presión, pero no se atrevía a hablarle. ¿Qué le iba a decir? ¿Le iba a contar la Estrategia de la Mariquita? ¿Se ofrecería a ponerse en su lugar para volver a ser el blanco de las bromas? No. Ni hablar. ¡Jamás! Porque, egoísta y cobardemente, también era consciente de que alguien tendría que sufrir todo aquello, y, si bajaba la guardia, podría volver a ser él mismo. Por eso, aunque estuvo tentado muchas veces, nunca llegó a acercarse a Pedrito para prestarle apoyo o darle consejos.

La situación de Pedrito atrajo a los Gordos tan rápidamente como la sangre a los tiburones, y las palizas y humillaciones públicas no tardaron en llegar. Tuvo que sufrir ese horrible calvario durante todo el curso, y lo habría hecho también al siguiente de no ser por lo que ocurrió una soleada mañana de junio, cuando fue con sus padres a recoger las notas finales al colegio.

Carlos no estuvo allí, él no es Pedrito, pero cuando revive lo que le dijeron que sucedió ese día, lo hace en primera persona. En sus pesadillas, él siempre es Pedrito.

Pedrito se despertó muy temprano aquel sábado. Consciente de lo que le esperaba, no tuvo valor para salir del dormitorio. Permaneció a oscuras, con los ojos abiertos, esperando en vano despertar de una pesadilla. Conocía perfectamente las notas que iba a recibir. A sus padres les había dado a entender que no iban a ser buenas, pero no sabían la verdadera dimensión del fracaso. Subió las escaleras con abatimiento y entró detrás de ellos en la clase. Allí estaba la maestra esperándolos con gesto grave. Sus padres se quedaron de pie, hablando con la profesora, y él se sentó en una de las sillas más cercanas a la puerta. Había suspendido todas las asignaturas, todas. Mientras la profesora repasaba cada suspenso, su padre se giró hacia él y Pedrito creyó ver en sus ojos el mismo desprecio que había visto tantas veces en la mirada de sus compañeros. Eso fue demasiado, así que los interrumpió para decir que necesitaba ir urgentemente al baño. No discutieron con él porque querían hablar a solas con la profesora, así que pudo salir de clase sin oposición. El pasillo estaba vacío y en la clase adyacente no había nadie. Miró con enorme tristeza hacia atrás antes de tomar la decisión definitiva… y dudó un segundo, solo un segundo.

UNA SEMANA ANTES DEL ATENTADO

Tomás Crespo Cedeira

La semana anterior le llamaron de la residencia a primera hora de la mañana y se lo dijeron. Tomás lloró. Hacía muchos años que no lloraba y fue una sensación extraña y liberadora. Su madre falleció durante la noche. Una muerte suave, lo mejor que le podía pasar, no sufrió nada.

Los últimos días ha estado tomando decisiones sobre el entierro y haciendo todo el papeleo. Es increíble la cantidad de asuntos que hay que gestionar: bancos, funeral, notario, esquela... La verdad es que es una burocracia excesiva y agotadora, pero al menos le ha servido para mantenerse ocupado y no pensar en otras cosas más dolorosas. El primer día, su mujer dejó aparcados sus habituales reproches para volcarse con él. Ingenuamente, llegó a pensar que esa muerte podía suponer un punto de inflexión en su relación y cambiar la inercia de los últimos tiempos. Su madre lo seguía ayudando después de muerta, con ese corazón enorme que siempre ha tenido, con su habitual discreción y sencillez. Sin embargo, Carmen no ha tardado en volver a ser ella misma. Aunque no lo ha dicho abiertamente, sabe que no le ha gustado nada el dineral que ha pagado por el ataúd, las flores y la esquela. Lo ha hecho todo a lo grande, pero no ha sido por su madre. Ella era una persona poco ostentosa y tampoco él es de mucho gastar, se lo inculcaron desde la infancia. No valora ni disfruta los excesos...

Tampoco ha sido para acallar su mala conciencia. ¿Por qué lo ha hecho entonces? La verdad es que ha sido para castigarse y, de paso, para castigar a su mujer, a quien tampoco agradan esos excesos, especialmente si son para su suegra. Ella no ha dicho nada, pero es muy consciente de que le ha molestado y ha tomado nota. Se lo devolverá, eso seguro.

En el funeral se ha encontrado con más amigos y familiares de los que esperaba. Parecían muy unidos, como si sus conocidos tuvieran más confianza con sus propios primos que él mismo. No es de extrañar, lleva tanto tiempo rehuyéndolos a todos que ahora él es el extraño. Ingresó en la secta de Carmen y ya no tuvo elección; se quedó fuera, ella lo aisló de todos. En su línea, Carmen ha estado muy cariñosa y constantemente pegada a él durante el funeral para que se sintiera arropado, pero también para mantenerlo alejado del resto porque sabe que casi ninguno la soporta. Luego ha rajado del comportamiento de todo el mundo. Lo de siempre. Antes no lo percibía tan claramente o, mejor dicho, no lo quería ver; pero desde la enfermedad de su suegra está tan dolido que ya no intenta engañarse. Una cosa es que sea un cobarde y no se enfrente, y otra muy distinta que sea bobo.

Carmen no hace nada de forma desinteresada ni aleatoria, todo tiene un propósito y un objetivo. En cuanto se ha visto un poco liberado de todas las tareas imprescindibles relacionadas con la muerte de su madre, ha empezado a notar que su mujer prepara una nueva ofensiva. El otro día ya le dejó caer, sutilmente, que quizá se equivocaron en la decisión de la residencia:

—Es horrible perder una madre sin tenerla cerca…

Eso fue lo único que dijo, pero viniendo de Carmen ya sabe por dónde va a atacar. No da puntada sin hilo. Él no quiso entrar porque intuye que es la avanzadilla de la guerra que se le viene encima y porque no quiere comprometer su defensa con comentarios que ella pueda utilizar más tarde en su contra. Carmen no va a detenerse hasta meterla dentro de casa, y ahora tiene el camino despejado porque la odiosa comparación de mantener a una madre en la residencia y a la otra en casa, teniendo ambas enfermedades similares, ha desaparecido. Aquello era demasiado evidente incluso para su mujer y, aun así, lo intentó; lo recuerda demasiado bien.

Tomás se dirige a un bar cercano a la antigua casa de sus padres.

En el funeral, sus primos le propusieron ir un día a tomar unas cañas todos juntos. Solo los primos y los amigos, una reunión de machos sin mujeres. Aunque al principio creyó que la propuesta se olvidaría, no fue así y finalmente han quedado. Carmen, como era de esperar, se ha opuesto desde el principio. Ha sido patético, ha argumentado mil excusas distintas, aportando una nueva cada vez que se le fastidiaba la anterior. Primero le dijo que iba a estar incómodo porque él ya no pintaba nada en ese grupo, luego era porque al día siguiente iba a estar muy cansado y luego porque justo ese día le venía mal: ella tenía cita en el médico y quería que la acompañara. Por fortuna, finalmente la reunión se cambió de día y se quedó sin excusa. Además, le dijo que quizá estaría mal visto que saliera a tomar unas cañas con la muerte tan reciente de su madre y él le contestó con sinceridad: a ella le habría gustado que se viera con los primos. En un último intento desesperado, esa misma mañana le ha dicho que no se encontraba bien. Él le ha pedido que no haga las tareas de la casa, pero sabe que Carmen es incapaz de dejar las camas sin hacer. Bueno, si las hace es porque no está tan mala... Va a ir y punto. Lo que ella no imagina es que lo que más lo ha impulsado son precisamente sus patéticos pretextos.

Ahora está a punto de entrar en el bar. Ha ido directamente en el taxi y ha llegado demasiado pronto, pero le da igual. No ha querido pasar por casa para que Carmen no intente ningún truco sucio de última hora. En cuanto entra, apaga el teléfono para no arriesgarse a una nueva urgencia oportunamente inesperada.

Dos horas después, sale sonriente del bar, donde todavía permanecen sus primos. Lo ha pasado muy bien. Han llamado también a un par de amigos suyos del pueblo y ha sido muy divertido, como era todo antes. «Hace tanto tiempo que no disfrutaba así...», piensa mientras sale del bar. La sonrisa se le borra al recordar que su teléfono está apagado, sabe que se la va a cargar. La ansiedad y el miedo lo atenazan mientras saca el aparato con torpeza. Cuando finalmente lo enciende, tiene quince llamadas de su mujer y un montón de mensajes increpándolo, a cuál más desagradable. Guarda el aparato de nuevo en el bolsillo, pero empieza a sonar. Es ella. Debe de haber recibido el mensaje de que ya está disponible.

—¿¡Dónde coño estabas!?

—Con mis primos, ya lo sabes.

—¿¡Por qué no me cogías el teléfono!?

—Dentro del bar no había cobertura —miente para eludir más bronca—. Acabo de salir.

—No te estarás poniendo chulito…

—No me pongo de ninguna manera, cariño —intenta suavizar él—. Solo estaba en el bar. Acabo de salir y me han saltado tus llamadas perdidas.

—No me has llamado, te he llamado yo.

—La verdad es que no me ha dado tiempo. Lo acabo de encender.

—Tampoco me has llamado antes de entrar.

—Llegué tarde y entré rápido —miente de nuevo—. Al entrar no tenía ninguna llamada tuya.

—¿Y si me llega a pasar algo mientras estabas allí?

—¿Te ha pasado algo?

—¡Esa no es la cuestión! Estaba mala. A mi madre le podría haber pasado cualquier cosa. Tenemos que plantearnos qué hacemos con ella.

—…

Se hace un silencio, él no quiere entrar al trapo.

—Solo he estado un par de horas sin cobertura, eso es todo.

Ella le cuelga el teléfono.

Reniega apesadumbrado, arranca el motor y se dirige a casa por el camino más largo que puede. No le apetece aguantar a su mujer, sabe que la discusión no ha terminado. Seguirá machacándolo durante días con el mismo asunto…

Irene Freire Andrés

Sale del hospital. Podría llegar a la cafetería por dentro, atravesando los enrevesados pasillos que comunican los edificios, pero no quiere hacerlo, necesita que le dé un poco el aire. Cuando entra, las mesas están llenas de médicos y enfermeras con sus batas y pijamas puestos. ¿Por qué lo hacen? No es nada higiénico, joder. Tiene el estómago cerrado y esas guarradas lo rematan. Pide un café para llevar, le gusta tomárselo en un banquito fuera, donde el sol de la mañana la reconforta un poco. Observa las sucias uñas de la cajera y sale con prisa. Una vez fuera, cierra los ojos y deja que el sol le inunde la cara. Le encanta el sol.

Echa de menos su baño, su casa, sus costumbres: cocinar, comprar en el supermercado, dormir en una cama… Rutina, hogar, colegio, prisas, barullo, risas… Sí. Risas. Lo que más añora son las risas. Aunque los médicos no están seguros, parece que a su hijo no le queda mucho tiempo. Con las enfermedades raras nunca se dispone de información detallada, pero es evidente que cada vez está menos fuerte. Se muere. Los momentos en que se encuentra mejor son maravillosos y ella los aprovecha como si fueran oro porque sabe que no tendrá muchos más. El otro día le preguntó por su padre y no supo qué decir. Al final ideó una excusa barata mientras la furia competía con el instinto protector para no dañar al niño con la verdad.

—Tu padre está trabajando mucho para que no nos falte dinero. Él quiere verte, pero está demasiado ocupado.

—No quiero dinero, quiero ver a papi.

—No te preocupes, vendrá a verte pronto.

—¿Cuándo? ¿Hoy?

—No lo sé. Pronto.

—¿Puedes llamarlo por teléfono?

—Claro.

Ha fingido que llamaba y le ha dicho a su hijo que estaba apagado. El pobre se ha disgustado.

—¿Me he portado mal? ¿Por eso no quiere verme?

—No, mi amor, tú eres un niño maravilloso. Si pudiera elegir un niño entre todos los del mundo, te elegiría a ti.

Él ha sonreído.

—Porque eres mi mami.

—Si no fuera tu madre, también te elegiría a ti.

Le ha dado un abrazo enorme mientras se le saltaban las lágrimas.

El padre no quiere verlo. Dice que desea quedarse con la imagen del niño sano, el que jugaba con él. No se puede ser más hijo de puta. Su hijo lo echa de menos, estaban muy unidos... Siempre fue muy inquieto, le gustaba jugar, explorar, correr, luchar, investigar; el mismo tipo de actividades que a su padre. Pasaban mucho tiempo juntos... Su marido es un blando, un cobarde y un egoísta, se ha desentendido del asunto para no sufrir. Lo increíble es que *el asunto* es un niño muy pequeño que adora a su padre, que lo necesita y que está triste porque cree que lo ha abandonado porque ha hecho algo malo. Esa tristeza en los ojos del niño le rompe el corazón e incendia en ella una furia como no ha sentido jamás, y mira que llevaba tiempo decepcionada con su marido... ¿Cómo es capaz de hacer algo semejante? Hay que ser miserable. Lo malo es que encima ha de contener esa ira creciente para no hacer más daño a su hijo. Si pudiera, lo mataría con sus propias manos. Ya le ha soltado varias perlas por teléfono y en persona no le habla. Se limita a recoger las mudas y las provisiones que le trae y se da la vuelta sin dar ni las gracias. No tiene que darlas, también es su hijo.

El niño ha madurado a una velocidad increíble. Desde que está enfermo, se ha vuelto más sosegado y responsable; se comporta de una manera asombrosa a pesar de lo que está sufriendo. Añora las broncas que le echaba antes, cuando era un vendaval inquieto que no paraba de correr. Estaba demasiado apabullado por la vida como para detenerse a escuchar y obedecer. Quizá esa era la demostración de que el niño estaba sano... Ahora lo percibe todo con la serenidad, el entendimiento y la comprensión de un adulto. Ayer, el compañero de cuarto empeoró y se lo llevaron a la UVI. Por ahora no han ocupado la cama con otro paciente, así que están madre e hijo solos. El niño mira mucho a la cama vacía. El comentario que le hizo esta mañana fue tranquilo, sin angustia ni miedo, con la sobriedad de la aceptación.

—A mí me llevarán también a ese sitio para morir, ¿verdad?

Ella no ha sabido que contestar. Hace tiempo que se enfrenta a ese dilema moral: ¿debe contarle toda la verdad como si fuera un adulto o mentirle como a un niño? La duda puede aplicarse a cualquier ámbito, pero se complica cuando se trata de una enfermedad que lleva a la muerte. Si lo engaña, terminará de perder su confianza. Ya le ha pillado en un par de mentiras y la reacción no ha sido buena. Su hijo ha madurado demasiado rápido, lo intuye todo, cada vez pregunta más por la muerte y por la ausencia del padre.

El café no le ha sentado bien a su estómago en ayunas, se da cuenta de que necesita un antiácido. Busca el teléfono para avisar a su marido, pero no lo encuentra en el bolso. Lo ha debido de dejar en la habitación, enchufado para cargar la batería… Mira la hora. Debería comer algo antes de subir o ese ardor de estómago va a ir a peor, pero no quiere retrasarse.

Cuando está cerca de la entrada del hospital, ve al padre de la niña, ese hombre grandote al que siempre observa, el que tanto le gusta. Viene recién duchado y en una mano trae una bolsa con algo de comida. ¿Le da tiempo a ducharse y comprar el desayuno en una hora? ¿Cómo lo hace? Huele a champú. Da gusto oler algo que no está todavía impregnado con el aroma omnipresente del hospital.

—Hola —la saluda el padre escuetamente.

—Hola.

¡La ha saludado! Se pone un poco nerviosa y no añade nada más. Por suerte, el ascensor se abre según llegan, así que señala las escaleras.

—Subo andando.

Cuando entra en su pasillo, se cruza de nuevo con el celador. Él la mira sonriente, con una expresión rara y dulzona. ¡Qué tío más repugnante! Entra en el cuarto y ve que el cargador sigue enchufado, pero en el extremo del cable no está su teléfono. ¡Ese celador asqueroso se lo ha robado! Sale de la habitación para encararse con él, pero ya no está. ¡Joder! Ahora no sabe qué hacer. Si lo denuncia tendrá que hacer papeleo y dejar a su hijo solo en el hospital. ¡Hay que ser hijo de puta para robar en un hospital! Le da rabia quedarse sin teléfono por culpa de ese tipo grimoso... Tras pensarlo durante unos minutos, se le ocurre que podría pedir ayuda al padre fortachón al que acaba de saludar. Puede que sea capaz de solucionarlo hablando con el celador... Es un tipo enorme y siempre parece tenerlo todo controlado, con esa presencia tan tranquila y protectora...

Mientras camina hacia su puerta, se pregunta si está usando esto como excusa para hablar con él. Da igual porque es la única solución que se le ocurre. Llama a la habitación y pasa. Hay dos camas en el cuarto y no quiere hablarlo delante de las niñas ni de la otra madre, así que le pide que salga un momento.

—Disculpa que te aborde así..., no te conozco... No sé muy bien a quién acudir..., es un poco... Verás... Estoy casi segura de que ese celador raro me ha robado el teléfono. Lo dejé cargando esta mañana mientras limpiaban...

—¿El de la cara picada? No me extrañaría, siempre está deambulando por aquí. Lo acabo de ver medio escondido al fondo del pasillo. Es un tipo muy raro.

Últimamente no paran de producirse robos en el hospital, se lo he oído comentar a varias personas...

—No quiero denunciarlo. Tendría que ir a comisaría y no tengo tiempo para esas cosas, debo estar con mi hijo...

—No te preocupes, voy a hablar con él. Lo amenazaré, a ver si así conseguimos algo.

—Muchas gracias —responde con dulzura—. No sabía con quién hablar... No me he presentado antes... Soy Irene.

—Yo soy Daniel... Dani.

Ambos salen a buscar al celador por la planta, pero ahora que desean encontrárselo no aparece. No quieren desplazarse a otras zonas del hospital para no dejar solos a sus hijos mucho tiempo, así que deciden esperar hasta más tarde. Como siempre anda merodeando, no va a ser difícil dar con él...

La mañana pasa sin más novedades y ya es la hora de comer. Mira a su hijo, se ha quedado dormido. Necesita tomar algo porque la acidez de estómago va en aumento. Decide bajar rápidamente a la cafetería del hospital, no puede alimentarse solo a base de sándwiches y chocolatinas de la máquina expendedora que hay junto a la entrada.

Escoge la opción más ligera del menú, con agua y fruta de postre —todo muy sano siempre—, y se sienta en una mesa que hay junto a la esquina, de espaldas a la puerta para no ver a nadie. Extraña mucho su teléfono, no le gusta comer sola, nunca le ha gustado. Ese celador hijo de puta la ha dejado hoy sin mirar el Facebook: la única distracción que encuentra para evadirse mientras come. Por cierto, tiene que decirle a su marido que le compre uno…, pero no puede llamarlo sin teléfono. Solo le consuela saber que al no recibir ninguna llamada, él seguramente se alarme. Ojalá lo pase mal durante un buen rato. ¿Qué hará? ¿Entrará en la habitación a verlos o se quedará en la puerta como una sabandija? No quiere ni pensarlo, es capaz de todo.

—Hola.

Estaba tan ensimismada en sus pensamientos que le ha cogido totalmente desprevenida. ¡Es el padre de la niña! Después del saludo de la mañana y la conversación sobre el robo del teléfono, es la tercera vez que hablan ese día. ¿Cómo se llamaba ese hombretón? Ah, sí, Daniel. Dani.

—Hola —contesta ligeramente ruborizada.

—El celador acaba de entrar…

Daniel Blanco Rivero

Como cada día, ha aprovechado la hora del cambio de turno y la limpieza para coger un taxi e ir al cementerio; luego ha pasado por la tintorería y ha subido a casa. Todo parece igual que siempre; sin embargo, hoy hay algo nuevo, un ambiente distinto.

—Volvemos al hospital —ordena alegremente al taxista—, pero antes paramos un momentito en la churrería de la siguiente esquina.

—Sé cuál es.

Compra un montón de churros recién hechos y sale rápidamente. El trayecto de vuelta es algo más fluido porque ya ha pasado la hora punta de la mañana. Va pensando en la conversación que ha tenido con la doctora a primera hora, le ha sorprendido. Al principio se temió que fueran malas noticias y se puso nervioso, luego se quedó un poco desconcertado porque las palabras no fueron nada claras. Sin embargo, al rumiarlas con tranquilidad se ha ido animando. Lo que intuye es que la niña puede estar mejorando. No lo ha dejado claro porque estos doctores son todos iguales, siempre con cautela extrema para cada noticia. Es normal que no se lancen a dar las novedades con sinceridad porque luego vienen los disgustos e incluso las denuncias ante los reveses inesperados, pero también es verdad que a veces hace falta un intérprete para saber si lo que finalmente han dado son buenas o malas noticias. El caso es que parece que la niña mejora, a pesar de que la medicina no es una ciencia exacta. En la breve conversación que han mantenido, ha escuchado al menos cinco veces la dichosa frasecita: «La medicina no es una ciencia exacta». Eso sí le ha quedado claro. La niña no está peor y hay posibilidades... La palabra *posibilidad* también ha estado presente todo el rato. Otra cosa que le ha llamado la atención es que siempre jugaba a introducir la negación: no está peor, no evoluciona desfavorablemente. Vamos, que se ha esforzado por no decir claramente que mejora, que es precisamente la noticia nueva que le ha venido a dar. ¿O a qué se debe si no esa conversación que no habían tenido nunca antes? Porque hasta ahora las noticias siempre eran irremediablemente malas, siempre con la cautela de la *ciencia exacta*, por supuesto. Bueno, el caso es que se siente mínimamente esperanzado o, como habría dicho la doctora: con cierta posibilidad de no desesperanzarse. Sonríe. Su ánimo es distinto, de eso no cabe duda. Están llegando al hospital. El taxista lo deja en la puerta, es hora de volver con su hija. Los churros han sido una buena idea, hay que celebrarlo, aunque sin decirle nada por ahora. Si usa las mismas palabras de la doctora, la niña va a pensar que es un trabalenguas. Sonríe de nuevo. Cuando va a entrar en el hospital ve a la madre guapa, que también está entrando. «Hora de regreso para todos», piensa.

—Hola —saluda escuetamente.

¿Por qué la ha saludado? Está tan animado con las noticias de su hija que ha dejado escapar ese saludo sin pensar. ¿Y ahora qué? Caminan callados, uno cerca del otro, y se siente algo incómodo. El ascensor se abre según llegan.

Ella señala las escaleras.

—Subo andando.

Eso le ayuda a escapar de la embarazosa situación que él mismo ha creado. Dentro del ascensor se martiriza. Lamenta no haber sido más natural: una vez que la ha saludado debería haber dicho algo más para evitar ese incómodo trayecto en silencio. Si la ve al salir del ascensor, le dirá algo; un comentario banal, algo sin importancia… Lo malo es que no hay mucho de lo que charlar en un lugar como ese…

Cuando sale del ascensor y abre la puerta de acceso a la planta, la madre guapa ya no está. Al que sí ve es al celador raro, está medio escondido al fondo del pasillo. ¿Por qué está siempre en esa planta?

Unos minutos después, ella llama a la habitación y le pide que salga un momento. Él sale nervioso. ¿Qué querrá?

La mañana pasa más rápido de lo habitual: han estado entretenidos leyendo libros y luego la niña ha comido, siempre le traen el almuerzo muy temprano. Ahora son casi las tres de la tarde y su hija insiste en que baje a la cafetería del hospital con la excusa de que necesita descansar y dormir un rato. Sabe que lo hace por cuidarlo. ¡Es tan buena!

Cuando entra en la cafetería, se encuentra a la madre guapa comiendo sola en una mesa. ¿Cómo se llamaba? Ah, sí, Irene. Tiene que conseguir que el celador le devuelva el teléfono, eso es lo que ella le ha pedido esta mañana. La verdad es que le ha gustado que lo hiciera. ¿Por qué se lo habrá pedido a él? Supone que es porque ella cree que podría intimidarlo, y porque, de alguna manera, ambos han conectado a pesar de que apenas se conocen. Debe protegerla de ese tipo asqueroso...

Irene está de espaldas, no lo ha visto. Descarta hablar con ella y se dirige directamente a pedir la comida. Empuja la bandeja marrón por las barras metálicas dispuestas para ello. Según va avanzando, coloca en la bandeja el pan, un vaso, cubiertos y una cocacola. Llega a la altura del camarero que sirve los platos y, tras mirar lo que hay en unos recipientes enormes, pide lo que más llena: lentejas de primero y pollo con patatas de segundo. Luego se sienta en un sitio desde el que puede ver a Irene sin que ella lo vea.

Al terminar la comida, deja la bandeja en la estantería que hay preparada para ello y pasa por detrás de Irene para dirigirse a la salida sin decir nada, pero, de pronto, ve que entra el celador y decide acercarse.

—Hola.

Ella se sobresalta y se ruboriza ligeramente.

—Hola.

—El celador acaba de entrar...

Ambos se quedan mirándolo. El tipo les mantiene la mirada unos segundos, parece como si se sorprendiera al verlos, luego se dirige con paso esquivo hacia el punto más distante del local.

—¿Me puedo sentar?

—Sí, por favor —responde ella.

El celador está tomando un café y ellos lo observan atentamente, no le quitan ojo.

—¿Sabes que el otro día se tropezó conmigo para tocarme? ¡Es un tío asqueroso!

—No te preocupes. Voy a hablar con él —responde mientras se levanta muy decidido.

—Espera. Aquí hay demasiada gente. No vaya a ser que se monte un lío y nos manden a todos a comisaría…

Vacila un momento, Irene tiene razón: mejor ser discretos. Ambos salen de la cafetería y giran la esquina para que no los vea. Lo sorprenderán cuando salga.

Ven salir al celador con esos andares silenciosos tan particulares y se plantan frente a él, cortándole el paso. Al ver que intenta esquivarlos, Daniel se interpone de nuevo en su camino y lo acorrala contra la pared del edificio.

—Sabemos que estás robando en el hospital.

—¡Yo no robo!

—No queremos denunciarte, solo queremos que le devuelvas el teléfono y olvidaremos el asunto. ¿Verdad, Irene?

—¡Yo no robo!

Él se acerca un poco más para intimidarlo y entonces se encuentra con el rodillazo en la zona más dolorosa. Se dobla sin fuerzas mientras Irene da un pequeño grito. El celador aprovecha para zafarse y escapar rápidamente.

—¡Yo no robo! —grita mientras se aleja.

Irene espera unos minutos a que se recupere.

—¿Te puedo ayudar? ¿Quieres un vaso de agua?

—No, gracias, ya estoy bien. Ese tarado me pilló desprevenido... —balbucea avergonzado por haber sido noqueado por un tipo mucho más pequeño que él.

—No te preocupes, es solo un aparato. Bastantes problemas tenemos ya...

—Yo te dejo mi teléfono para lo que necesites —añade él a modo de disculpa.

—Ahora no me hace falta, más tarde te lo pido.

Daniel regresa apesadumbrado a la habitación de su hija. ¡Con lo contento que estaba hoy tras las buenas noticias de la doctora! Su ánimo sufre una especie de efecto rebote y casi añora la situación anterior a la mejoría de su hija, cuando aún tenía la salida fácil del suicidio... Desecha con miedo esa idea, no sea que el jodido azar o el inexistente Dios cruel lo vuelvan a poner en esa horrorosa situación. Lo que no puede evitar es el sentimiento de inutilidad: él es un pobre muñeco que no logra hacer nada de lo que se propone. Lo que le duele no es el golpe del celador, ni siquiera es el hecho de que ese mierdecilla con la cara picada lo haya vencido y humillado; lo que le causa verdadero dolor es su incapacidad: desde hace mucho tiempo, no logra proteger a sus seres queridos ni una sola vez. Es un monigote que no hace nada para remediar las cosas, para solucionarlas o evitarlas. No pudo evitar el accidente, no pudo impedir que su mujer y su hijo murieran, no pudo evitar que su hija enfermara y ni siquiera es capaz de hacer que ese celador tarado le devuelva a la madre guapa su teléfono. Siempre se ha tenido a sí mismo por un caballero andante que protegía a los indefensos, pero tal vez solo eran los aires de grandeza de un pobre e insignificante fracasado. Cuando las cosas se han puesto serias, cuando su familia lo ha necesitado de verdad, ha demostrado lo que realmente es: un pelele.

No quiere que su hija lo vea triste, así que intenta cambiar de actitud antes de entrar en la habitación. Seguirá siendo un inútil mientras nada pueda hacer, eso no lo puede remediar; pero si el destino le da una nueva oportunidad, la que sea, no la va a desaprovechar. Estrangulará con sus propias manos a todo aquel que se interponga en su camino. Ese celador tendrá que andarse con ojo, el león ha despertado.

Iñaki Cabrera Piedra

Iñaki acaba de salir del bar, hay demasiada gente haciendo cola frente al baño. Además, así se despeja un poco con el aire fresco de la calle. Le duele todo el cuerpo, especialmente el dedo meñique de la mano izquierda. Se lo ha roto durante el partido, pero ya está acostumbrado a ese tipo de incidentes, a lo largo de su corta trayectoria en el rugby ya se ha roto dos dedos, la nariz y un diente en distintos episodios durante los encuentros. Gajes del oficio, está habituado a convivir con el dolor sin lamentarse. Cuando ha visto la última falange del dedo en un ángulo lateral de casi noventa grados, se la ha colocado bien él mismo y, tras vendarla con esparadrapo, ha seguido jugando. Al terminar el partido ha cogido una tablilla y se la ha inmovilizado lo mejor que ha podido, luego ha pasado por la farmacia para conseguir el analgésico más fuerte que se puede vender sin receta. Cuando ha llegado al bar, ya estaban todos, la tradición del famoso tercer tiempo es inapelable. Es el momento en el que los jugadores de ambos equipos se reúnen tras el partido para tomar cervezas juntos. Juego limpio, deporte de caballeros y todas esas cosas que hacen del rugby algo especial y diferente; pero tampoco nos vamos a engañar, el encuentro ha sido de los duros. Hay una gran rivalidad entre ambos equipos porque se conocen bien y guardan bastantes cuentas pendientes. Con uno del equipo contrario apenas habla, solo se saludan escuetamente. Es un gordo torpe que siempre usa trucos sucios y que ha estado a punto de partirle la pierna en una melé. Pero bueno, siendo treinta tíos, tampoco tienes por qué relacionarte con todos...

De repente, se empieza a montar bronca en la acera de enfrente: hay un grupo de personas rodeando a un chaval. La desproporción de fuerzas es evidente y está acorralado, se va a llevar una paliza de las buenas. Al acercarse un poco para curiosear, lo reconoce: es uno de los jugadores del equipo contrario. Sí, ese del pelo largo es Suárez. El cabronazo es muy rápido, aún guarda la jugada del primer ensayo en la retina. No ha sido capaz de detenerlo y eso le cabrea bastante. Pero no es mala gente, ha estado riendo con él esa misma noche. Ahora Suárez se encuentra rodeado y su rapidez no le va a servir de mucho. Le habría venido mejor ser el argentino enorme de su equipo, con aquel no se habrían atrevido todos esos valientes...

—Te vamos a cortar esa melenita de guarro que llevas.

Suárez está metido en un buen lío y a Iñaki no le va a quedar otra que implicarse, es un jugador de rugby con el que se acaba de tomar un par de litros de cerveza, no lo va a dejar tirado. Lo observa y ve que no se achanta. En cuanto se le acerca el primero, le larga un puñetazo descomunal que lo tumba en el suelo. Entonces, el resto se lanza a por él.

Al ver su reacción, soltando un puñetazo a pesar de estar solo contra muchos, se siente aún más hermanado. Coge carrerilla y entra a lo bestia. La embestida es brutal. Deja a varios noqueados con el choque y él no se hace apenas daño en la caída. No logra levantarse, aunque lo intenta, porque los otros se le echan encima y lo muelen a golpes inmediatamente. En ese instante, se escucha una sirena de policía y se siente liberado. Cuando levanta la cabeza, en el suelo solo están ellos dos. Suárez sangra por la nariz y él tiene un buen chichón en la frente.

—¿Estás bien?

—Sí. Me he llevado un buen golpe en la nariz, pero no tengo nada —afirma mientras se la palpa con la mano—. ¿Y tú?

—Bien. Chocar contra el argentino de tu equipo es mucho más doloroso que enfrentarse a esas nenazas.

Ambos ríen mientras se ayudan mutuamente a levantarse.

—¿Qué ha pasado? —pregunta uno de los policías.

—Nada, nada.

—Os estaban pegando... —insiste el otro policía mientras observa la sangre en la nariz de Suárez.

—No ha sido nada, bromas de amigos.

Los policías ven que no van a sacar nada más y deciden irse; un instante después, los dos chavales se despiden.

—Me voy a casa, mañana tengo examen.

—Yo voy a ver si meo de una puta vez y vuelvo al bar.

Se separan unos pasos hasta que Suárez se vuelve.

—Gracias, tío. En serio... Gracias.

—No ha sido nada —responde Iñaki con un leve gesto de la mano.

Cuando va a entrar de nuevo en el bar, se encuentra con los de su equipo saliendo en tromba con uno de los sillones del local. ¡Lo están robando!

—¿¡Pero qué cojones hacéis!?

—¡Ja, ja, ja, ja! Nada, nada… Tú corre.

Salen todos corriendo con el sillón a cuestas y no paran hasta haberse alejado varias manzanas. Entonces, una vez que se han cerciorado de que no los siguen, le piden al Pequeñajo —el más liviano del equipo— que se siente en el sillón y entre todos lo suben en volandas.

—¡Paso al rey! ¡Paso al rey!

Forman una grotesca comitiva que va liando un follón monumental por la calle. Cuando pasa alguien, descienden el sofá y el Pequeñajo, que es un cachondo mental, pone los dedos en forma de pantocrátor.

—Yo te perdono, súbdito. ¿Solicitas alguna gracia de tu soberano?

La gente les sigue el rollo por lo que pueda pasar…

Tras dedicarle un buen rato a la broma, deciden dejar plantificado el sillón en medio de la calle para entrar en otro bar. Las rondas de cerveza dan paso a los cubatas, la cosa se pone seria. Iñaki coge uno de los hielos de su copa y se lo aprieta contra la frente para ayudar a bajar el chichón, los otros están tan metidos en sus chorradas de borrachos que ni se han fijado. El guaperas del equipo —ese es su mote: Guaperas—, a pesar de la que hay montada allí dentro, está intentando ligar. Iñaki se acerca y el chaval decide impartirle una lección magistral.

—Ligar es como cazar. Yo soy un tigre, tú eres un tigre, todos somos tigres. Hay que observar, localizar a la víctima adecuada y actuar con aplomo. Para ligar, lo importante es la seguridad. Si vacilas, la presa se escapa.

—Para ti es muy fácil, Guaperas… Yo no soy tan guapo y tengo tal chichón en la frente que parezco un jodido unicornio. Sin contar con el dedo vendado, que tampoco da buen rollo precisamente…

—No se trata de eso. No se trata *solo* de eso. El físico no lo es todo, ni siquiera hay que ser demasiado ocurrente. Mi bisabuelo, que murió en la guerra de Cuba, siempre decía: «Si no puedes impresionarlas con tu inteligencia, atúrdelas con tu verborrea».

Ambos ríen.

—Para que veas a lo que me refiero —presume mientras hace un barrido visual por la barra—, te voy a hacer una demostración ahora mismo.

Antes de que Iñaki pueda decir nada, ya se está presentando a un par de chicas. Una de ellas es imponente —alta, rubia y delgada— y va muy arreglada; la otra es morena y parece más normalita, pero apenas le da tiempo a mirarla. La situación enseguida se complica: un compañero del equipo irrumpe y tira bruscamente de los calzoncillos de Iñaki hacia arriba, eclipsando todo atisbo de dignidad y decencia con la velocidad de un meteorito. El buen ambiente con las chicas se esfuma, pero el Guaperas recobra pronto el dominio de la situación y las acompaña fuera. Mientras tanto, Iñaki se dedica a subirle los calzoncillos al que ha empezado primero. Unos instantes después, el Guaperas regresa contento.

—He quedado con ellas más tarde.

—Iñaki está enamoraaadooo —interrumpe el otro.

—¡Solo de tu madre! –responde riendo mientras lo empuja.

—Es mejor así —insiste el Guaperas—. Hay que dejar algo de distancia antes de volver a atacar. Es bueno que tengan su espacio…

Cuando salen del bar, el sillón que habían dejado en medio de la calle ya no está.

—¿Y ahora?

—¡Me han destronado! ¡Me han destronado! ¡Llega la República! —grita el Pequeñajo.

Todos ríen a carcajadas.

—Vamos a mover ese coche al otro lado de la calle.

El que ha hablado es uno de los más locos. Se ha roto tantos huesos jugando al rugby, que ha perdido la cuenta; pero le da igual.

—¿Por qué? —pregunta uno.

—Pues porque podemos… ¡Y porque no me gusta este lado de la acera! También por eso —asevera muy convencido.

Entre todos son capaces de mover el coche de sitio a base de levantarlo y hacer que vaya realizando pequeños botes en su desplazamiento. Una vez que lo han cambiado de acera, deciden que se van a ir a una discoteca cercana. El mismo que había echado el jabón lavavajillas en la fuente, que siempre los sorprende con alguna ocurrencia, saca un espray.

—¿Y ahora qué vas a hacer?

—Voy a pintar cipotes en las paredes de todas las casas por las que pasemos.

—¡Tú no estás bien! —exclaman mientras ríen de nuevo.

Cuando Iñaki se levanta al día siguiente, siente todo el cuerpo dolorido. Es temprano y sus compañeros de piso duermen aún, así que se va al baño con cuidado para no hacer ruido. El chichón está mucho mejor y ha disminuido; el dedo aún le duele, pero por la experiencia de las fracturas anteriores, tampoco le preocupa demasiado. Sale a la calle y hace un sol radiante en esa mañana fría, así que se dirige al campo de rugby para entrenar un rato. Coloca el saco de placajes y se dedica a entrenar lo que más le gusta. Se le dan especialmente bien los placajes, pero desea seguir practicando para ser el mejor.

Vicente Belas Montánchez

Está haciendo su ronda de media mañana y se siente muy afortunado, es feliz por primera vez en mucho tiempo. Ha empezado a trabajar de vigilante de seguridad en un hospital con turno de día, lo que le permite hacer deporte. Todos los días sale a correr un rato antes de cenar y de nuevo está en forma. Eso le sienta bien, le ayuda a relajarse. Hoy no se va a martirizar con malos recuerdos, hoy solo desea pensar en cosas buenas. ¿Cómo ha terminado allí? Lo que le ha ocurrido ha sido tan inesperado que todavía no se lo termina de creer.

Aunque parezca irónico, después de frustrar el robo de los butroneros en el polígono industrial donde trabajaba, su futuro tenía muy mala pinta. El chaval al que detuvo había amenazado con denunciarlo y, tras su mala experiencia con el gilipollas al que rompió la mandíbula en el ejército, sabía que todo se podía complicar mucho. Además, tuvo que admitir que había salido de la nave industrial en la que trabajaba, cosa que le habían prohibido expresamente...

La bronca que le echó el coordinador de la empresa fue tan monumental que creyó que lo iba a largar inmediatamente, pero no fue así. Más tarde, lo llamaron para decirle que se tomara los días de vacaciones que le correspondían por el tiempo trabajado. Aseguraron que era para alejarlo del conflicto mientras tomaban una decisión sobre su futuro, pero parecía la excusa perfecta para echarlo sin pagarle los días acumulados. En todo caso, él no quiso discutir y se fue a casa sin protestar, dispuesto a aceptar con resignación lo que viniera. Estaba acostumbrado a encajar reveses. Sin embargo, justo dos días después le llamaron de la empresa propietaria de la nave que vigilaba: debía acudir a una cita a primera hora de la mañana.

Mientras esperaba frente a la puerta del despacho del jefazo, se repetía la misma pregunta que llevaba rumiando toda la noche: ¿por qué le llamaba la empresa vigilada? ¡Las decisiones sobre su futuro laboral correspondían exclusivamente a la empresa de seguridad privada! No entendía nada y estaba muy nervioso, ¿podían emprender acciones legales contra él?

—Pase —dijo la secretaria.

Se levantó y comprobó que tenía subida la cremallera del pantalón, estiró torpemente la camisa para intentar disimular las arrugas y se dirigió hacia la puerta con el grueso abrigo en la mano. Se sentía incómodo e inseguro, esa maldita camisa pequeña y arrugada le estaba desquiciando, él no era amigo de despachos y charlas. Justo antes de entrar, inspiró profundamente. Tenía que contenerse; escuchara lo que escuchara, no podía saltar de ninguna manera.

—Buenos días.

—Buenos días —respondió con un tono forzado sin apenas dejar salir el aire de sus pulmones.

Avanzó hasta la gran mesa que se interponía entre él y los dos hombres de pelo blanco que esperaban inmóviles. Estaban de pie, elegantemente ataviados con sus trajes caros, y no hicieron ni el más mínimo amago de darle la mano, así que él se cuadró en una postura casi militar a la espera de órdenes.

—Siéntese.

Se sentó.

—¿Usted es el vigilante de seguridad que detuvo a aquel chaval?

—Sí.

—Lo hizo fuera de mi nave, ¿verdad?

—Sí.

—¿Tenía instrucciones de no salir?

—Sí.

Las preguntas le estaban cabreando, por eso intentaba ser muy breve en las respuestas. Tenían que saber todo eso, se lo había contado ya a la Guardia Civil y a los de su empresa de vigilancia. ¿Por qué coño lo machacaban?

—¿Sabe quién es el caballero que está a mi lado?

—No.

—Es el máximo accionista de la empresa que iban a robar ese mocoso y sus compinches. Ha venido para conocerlo en persona.

En ese instante, el tono se suavizó y los dos jefazos se miraron sonrientes. El otro, que hasta ahora había permanecido callado, tomó la palabra.

—Se saltó las normas con valor y osadía, eso estuvo bien porque la Guardia Civil jamás habría llegado a tiempo. Gracias a lo que usted hizo, hemos logrado evitar un gran robo y localizar al topo que teníamos dentro. He hablado con un alto cargo en su empresa de seguridad privada y lo van a destinar a un sitio mejor, más tranquilo. Nos vamos a encargar de todo, no se preocupe.

—Mu... Muchas gracias.

No supo qué más decir, estaba desconcertado, sin palabras. Todo aquello había sido un montaje para hacerle sufrir un poco antes de darle la buena noticia. ¡Vaya par de cabrones!

Ambos se acercaron y le dieron la mano, luego se despidieron sin darle más conversación. Ya estaba saliendo por la puerta, cuando escuchó la frase.

—No se vuelva a hacer el héroe.

—¿Cómo? —preguntó mientras su gesto se ensombrecía.

—Que se tome con más calma las cosas, porque esta vez ha salido todo bien, pero no siempre va a ser así. No debe jugar mucho a la ruleta o terminará perdiendo.

Notó que era un consejo bienintencionado y que no le estaban tomando el pelo con lo de *héroe,* así que se relajó.

—Eso haré. Se lo prometo. Gracias.

Un hospital: ese ha sido su destino; sí, señor. Sigue paseando con tranquilidad, rodea la entrada de urgencias y ya casi ha terminado su ronda. Parece que aquel pez gordo de la empresa que iba a sufrir el robo realmente tenía buenos contactos. Notó que al coordinador le molestaba el asunto, pero la decisión venía de arriba...

El hecho es que trabaja en turno de día y dentro de la ciudad, sin tener que hacer kilómetros en su coche hasta el lejano parque industrial. Gasta menos, los beneficios son mayores y, encima, en ese sitio nunca pasa nada. Está encantado. Aprovechando sus rondas, ha empezado a charlar con los taxistas en la parada o con el personal del hospital mientras se toma un cafetito en la máquina que hay junto a la entrada. De todas formas, es cauto e intenta no confraternizar con la gente para no tener problemas. Lo bueno es que en un hospital cada uno va a lo suyo, nadie se mete en complicaciones.

En teoría, tendría que reprender a los que fuman en las cercanías del hospital, pero hace la vista gorda. Si tu hijo acaba de nacer o a tu padre le ha dado un infarto, tienes derecho a fumarte un pitillito fuera. Cuando ve que alguien fuma, se da una pequeña vuelta por otro lado para darle tiempo a terminar. Si quedan colillas, las tira a la papelera para no dejar pruebas. No quiere enfrentamientos, intenta eludir cualquier tipo de pelea... Evitar conflictos fue precisamente lo que le recomendó su abogado después de firmar los papeles para el acuerdo que lo expulsó del ejército. Lo recuerda demasiado bien. El cobarde al que le rompió la mandíbula lo denunció y la situación se le complicó mucho. ¡Él no había tomado acciones legales por lo del tenedor! Maldito cabrón. Llegados a ese punto, él quiso denunciar también, pero el abogado le dijo que era mala idea porque daba a entender que lo de la mandíbula había sido por venganza. Mierda de leyes. Si lo condenaban, podría ir a la cárcel y lo echarían del ejército. Era una moneda al aire: cara o cruz. No podía arriesgarse, por eso pactaron un acuerdo y se comprometió a indemnizar al agredido además de firmar la baja voluntaria del ejército. En contrapartida, el otro retiró la denuncia y cambió su declaración. El juez instructor, al ver la nueva declaración, decidió no seguir. El caso es que al final salió bastante bien parado: sin antecedentes y sin una expulsión del ejército en su expediente, pero con la frustrante sensación de haber sufrido una injusticia. El malnacido se había salido con la suya y lo había apartado del lugar en el que podía haber triunfado...

Está claro que debe contenerse, y aunque ahora cree que ha alcanzado por fin la madurez necesaria para hacerlo y dejar atrás sus problemas de ira, no quiere confiarse. Abstraído en sus pensamientos, se sorprende cuando una persona lo aborda.

—Perdone. ¿Es usted el de seguridad?

—Sí, señora.

—Mire, hay una vieja pidiendo dinero junto a urgencias. Asegura que le han robado el bolso y que necesita dinero para el autobús; pero es mentira, cuenta lo mismo todos los días. Para dar pena suelta una historia sobre su nieta enferma en el hospital, pero la he acorralado y también es mentira. Mentir con eso está muy feo.

—¿Y usted cómo lo sabe?

—Lo sé. Ya se lo he dicho. ¿No quiere hacer su trabajo o qué le pasa?

—Hablaré con ella, señora. Solo le he hecho una pregunta, no sea desagradable conmigo porque yo no lo he sido con usted. Puedo avisar a la policía, pero también puede hacerlo usted directamente.

—Tengo muchas cosas que hacer.

—Yo también.

Se da la vuelta, sorprendido por su templanza. Definitivamente está en buena racha. Ha sido capaz de controlarse a pesar del tono agresivo de esa vieja desagradable. Piensa que la pobre tendrá un mal día… Sonríe, no se reconoce a sí mismo. Últimamente está de muy buen humor y logra evitar los conflictos. Conversaciones banales, charlas breves y muchos paseos tranquilos: eso es lo que necesita. Recuerda que al poco de recibir la condecoración pasó un tiempo similar en el que todo eran risas. Su estado de euforia y optimismo lograba eclipsar las maldades de la gente amargada. Puede que por eso aguantara tanto tiempo las gilipolleces de aquel imbécil… Hasta que llegó el día de la frasecita y la llave inglesa, claro. No. Hoy no quiere pensar en cosas malas, solo desea centrarse en lo bueno, como la conversación con los jefazos que le ha llevado al hospital o como la medalla que le dieron en el ejército.

Empezó en el ejército desde abajo, como soldado raso. No tenía ninguna capacidad especial ni más estudios que los mínimos, pero era bueno conduciendo. Le pusieron como chófer del comandante y este, nada más empezar, le ordenó hacer el curso para obtener todos los permisos. Aunque detestaba la actitud chulesca de los veteranos —liderados por el que le había clavado el tenedor— y las órdenes despóticas de los mandos, los primeros meses aguantó gracias a la ilusión que le hacía formar parte del ejército. Aquello era novedoso para él y encontraba en cada actividad una aventura fascinante que lo compensaba todo.

Aquel día, tras terminar la clase de conducción, se acercó a preguntar a su comandante a qué hora debía pasar a recogerlo con el coche. El oficial charlaba en ese momento con los conductores de varios camiones cisterna sobre el destino del combustible que transportaban. Aunque estaban a cierta distancia unos de otros por seguridad, el último vehículo se encontraba bastante cerca del cuartel. De pronto, y de una forma que nunca se llegó a aclarar, una de las ruedas del camión empezó a arder. El comandante se quedó bloqueado y los conductores salieron corriendo a toda velocidad para alejarse lo más posible de la explosión inminente. Sin embargo, él, que acababa de recibir en su clase la lección sobre manejo de extintores, reaccionó a toda velocidad. Se subió a la cabina, cogió el extintor y logró apagar aquel maldito fuego en unos segundos.

Con su acción rápida y temeraria había salvado muchas vidas. Mientras las felicitaciones llegaban sin parar, él fue humilde y sincero: simplemente había reaccionado de forma rápida e instintiva tras haber sido formado para ello. Era muy consciente de que si no hubiese estado practicando con extintores esa misma mañana, su reacción no habría sido la misma. Lo que no puede negar es que estaba encantado con el reconocimiento y la admiración de todos. Además, el alivio que supuso dejar de sentir la presión de los veteranos hizo que mejorara mucho su vida. Entró en una buena racha, que habría sido perfecta sin los comentarios de aquel envidioso que le había clavado el tenedor en la cantina, pero tampoco se podía quejar. Recuerda las palabras que le dedicaron cuando le impusieron la condecoración: «Podemos distinguir tres tipos de personas según su reacción al ver caer un jarrón: los que huyen, los que se llevan las manos a la cabeza y los que saltan con todas sus fuerzas para intentar que no estalle contra el suelo. Tú eres de esos últimos y te necesitamos en el ejército». El *Salvajarrones* fue como le llamó aquel maldito envidioso para mofarse; pero en aquel momento era tan feliz que incluso le hizo gracia. Nadar a favor de la corriente, con el carisma y la grandeza de los que son admirados por sus semejantes, le hizo confiarse y fue prisionero de su inesperada reacción de ira. El insulto, la llave inglesa y la mandíbula... Así era él, de impulsos veloces y osados, tan rápidos como irreflexivos, para lo bueno y para lo malo.

Lo peor fue el brutal cambio del viento, eso le dolió de verdad. Llevaba un tiempo siendo amable con todos, dispuesto, detallista, humilde, encantador, y creyó que tenía ya despejado el camino hacia la gloria. Pensó que había dejado atrás su violencia incontenible y se equivocó a lo grande.

Tras la denuncia de aquel imbécil, todos le dieron la espalda. Sabían que lo había estado provocando durante meses, pero eso no sirvió de nada. Fueron egoístas, interesados y cobardes; por eso tampoco puso demasiados reparos al acuerdo de abandonar voluntariamente el ejército. Se sintió tan solo y desamparado durante todo el proceso que le pareció un remedio aceptable. Todo había sido perfecto mientras le iban bien las cosas, pero al primer contratiempo sus compañeros lo ningunearon. El caso es que al final tuvo que huir por la puerta de atrás y encima dar gracias porque todo podría haber sido peor. Hay que joderse.

Se acerca cauteloso a la vieja que está pidiendo dinero. Necesita ser muy cuidadoso y no volver a confiarse ahora que las cosas le van bien de nuevo. Necesita demostrar que sabe solventar este tipo de conflictos. Ella no lo ve hasta que lo tiene encima y permanece quieta, sin saber qué hacer ni qué decir, a la espera de que él diga algo.

—Señora, hay gente que quiere avisar a la policía. Yo les he dicho que no lo hagan para hablar con usted y así darle tiempo a que se vaya.

—Yo no he hecho nada.

—No digo que haya hecho nada, solo me limito a avisarla por si prefiere irse antes de que venga la policía.

Ella se queda desconcertada. Va a protestar, pero al final se lo piensa y se marcha. Él se da la vuelta sonriendo. ¡Tampoco es tan difícil! Solo tiene que estar atento y no despistarse. Basta con usar la cabeza antes de actuar. Puede hacerlo, puede lograrlo. Este trabajo no se le va a escapar, le va a coger el tranquillo y va a ser plácidamente feliz por una vez en su vida. No es tan complicado. ¿Qué puede pasar en un hospital para hacerle perder la calma?

— 1 —

Carlos Paredes León

Carlos se encuentra muy turbado.

Vale que Bego se haya reencarnado ahora en esa tal Irene —la Nueva Bego, como él la llama—, vale que haya metido a uno de los Gordos en la historia para hacerlo todo más real e interesante —con Bego todo es posible—, pero lo que ya no tiene ningún sentido es que ella se confabule con el Gordo para hacer piña contra él. ¿Es otra de las ocurrencias de su amiga? No lo comprende y la actitud chulesca y amenazadora de aquel Gordo lo ha sacado de quicio. ¡Y ella encima lo apoyaba! No lo entiende, siente una frustración enorme. ¿Traición? No, no puede ser. Al menos el Gordo se ha llevado su merecido, le ha dado un buen rodillazo en los huevos y lo ha dejado fuera de combate. Ya no es un niño asustado al que pegan los abusones, ahora es capaz de defenderse, y si necesita tumbar a un tipo mucho más grande que él, lo hace. ¡Ese grandullón ha tenido suerte de que no tuviera a mano sus herramientas! Si llega a tener el destornillador en la mano, lo apuñala como a un muñeco… El caso es que algo intenta decirle su Bego, eso está claro. No puede ser todo casualidad, pero el plan escapa a su comprensión…

Tras darle mil vueltas mientras camina por los pasillos del hospital, decide que es mejor dejarlo. Por ahora, lo primero que va a hacer es recuperar el teléfono de la Nueva Bego —la tal Irene esa—. Él no lo ha robado, pero sabe perfectamente quién lo ha hecho: es una de las limpiadoras, una joven rubia con aspecto aniñado y cara de buena. Nunca lo habría imaginado, pero la sorprendió una vez en una actitud extraña y luego se ha dedicado a espiarla. Esa es una de sus mayores virtudes: le gusta pasear y observar. No se le pasa una y sabe todo lo que se cuece en el hospital. Todos se dedican a parlotear sin descanso, a reírse, a interactuar con el resto, y durante ese proceso dejan de estar atentos. Detesta la estúpida verborrea. Él apenas habla con nadie y si lo hace dedica solo un par de frases cortas, por eso tiene todo el tiempo del mundo para mirar e investigar. Controla cada rincón del hospital, sabe la forma más rápida de llegar a cada sitio y conoce las manías y costumbres de todos y cada uno de los trabajadores. También espía a algunos de los que se encuentra habitualmente por los pasillos, como la Nueva Bego y el maldito Gordo. Sabe que en el cuarto donde se guardan los productos de limpieza hay taquillas con candado a disposición de las limpiadoras y en una de esas taquillas es donde la ladrona esconde los objetos robados. Los viernes suele venir con un bolso más grande para llevarse su botín de la semana, así que seguramente tenga aún el teléfono en la taquilla. Camina hasta la puerta del cuarto, pero por allí hay demasiada gente a esas horas de la tarde, tendrá que volver después. Hoy le toca hacer doble turno, así que eso no va a suponer ningún problema.

Llegada la madrugada, se dirige a su objetivo con la caja de herramientas, ahora todo está tranquilo y es su oportunidad para forzar el candado de la taquilla.

Suele hacer pequeñas chapuzas en el hospital y todos le agradecen que se ocupe de esas tareas poco complicadas: cambiar un tubo fluorescente, apretar el tornillo de una puerta, colocar bien un enchufe que se ha salido... Aunque no es su labor, a él le gusta, es un trabajo mecánico de esos que se le dan bien, sin interaccionar con otras personas, sin sentimientos complicados, sin colaborar en equipo: solo él y su destornillador, su mano y su martillo. Además, esas tareas le dan la oportunidad de acceder a todas las zonas del edificio y a él le encanta conocer cada centímetro de su hospital.

Entra con sigilo, rompe con facilidad el candado haciendo palanca con dos destornilladores y mira lo que hay dentro: un monedero, unas llaves, tres pendientes, un anillo y un par de teléfonos móviles. No sabe cuál de ellos es el de la Nueva Bego, por eso mantiene uno en cada mano y permanece pensativo. Finalmente, aspira profundamente el olor de cada aparato, reconociendo el perfume al instante. ¡Ese es!

Según sale, ve que hay una persona que lo está observando e instintivamente se lleva la mano al bolsillo, luego acelera el paso hacia las escaleras. Sube a toda velocidad al piso superior y se esconde detrás de una columna mientras sus pulsaciones se disparan. Tras recobrar el aliento, se dirige a una zona de la última planta que está en obras y allí deja escondido el aparato hasta el día siguiente.

Está amaneciendo, ya casi ha llegado la hora de la limpieza y el cambio de turno. Ha pasado la noche intranquilo, paseando por todas las plantas menos la cuarta, que es la del Gordo y la Nueva Bego, y ahora es el momento perfecto para dejar el teléfono en la habitación. La caja de herramientas le sirve de coartada, la necesita para meterse en ese cuarto sin generar sospechas. Mientras se acerca, su pulso se acelera de nuevo. Ahora tiene el teléfono encima y si le descubren va a ser complicado explicar la verdad, pues la auténtica ladrona ha debido de ver ya su taquilla forzada y se habrá deshecho de todo. Tenía que haber guardado pruebas, pero ya es demasiado tarde... Cuando entra en la planta, las pulsaciones se desbocan. Mira de nuevo la hora. Han pasado ya veinte minutos, así que la Nueva Bego y el maldito Gordo han tenido que salir ya; ambos son muy puntuales, lo tiene comprobado. Se coloca junto a la puerta del cuarto, pero no se atreve a abrir, así que permanece parado delante. En ese momento, las de la limpieza empiezan su ronda y ese cuarto es el primero de la planta.

—Tengo que reparar un par de enchufes —se excusa demasiado rápido.

—¿Vas a manchar?

—No. Es poca cosa, solo apretarlos un poco.

—Pues espera a que terminemos nosotras. Vamos mal de tiempo y si tenemos que ir avanzando y retrocediendo nos retrasaremos. Son cinco minutos.

La que ha hablado es una morena de pelo rizado, la rubita ha permanecido callada. ¿Está asustada o sospecha de él? Aprovecha para comprobar que no hay adultos dentro y, mientras las limpiadoras hacen su trabajo, espera angustiado durante un breve espacio de tiempo que se le hace eterno. Entra presuroso cuando ellas salen y se queda paralizado al ver al niño. No entiende nada. El hijo de la Nueva Bego es la viva imagen de Pedrito. Nunca ha olvidado al compañero de clase que se suicidó, mantiene intacto el recuerdo de su cara y de sus gestos. ¡Ahora Pedrito es el hijo de la Nueva Bego! No comprende el mensaje. ¿Por qué es el hijo de esa tal Irene? Ni siquiera cobra sentido en una mente tan brillante y retorcida como la de Bego.

El niño está adormilado, así que apoya la caja de herramientas en la silla que hay junto a la cama y se agacha para fingir que arregla el enchufe. Al levantarse, deja el teléfono sobre la silla mientras recoge, luego sale rápidamente.

Siempre que hace turno de noche le ocurre lo mismo: es incapaz de dormir. Esta vez ni se acuesta, va directamente al salón a ver la tele. Después de todo lo que ha pasado hoy, tiene razones de peso para estar desvelado. Aprieta inmediatamente el botón para desactivar el sonido y escoge su canal favorito. Hay un hombre pescando peces raros, le encanta ese programa. Mientras lo ve, le da vueltas a toda esa locura surrealista. Bego se ha reencarnado en la Nueva Bego, el Gordo ahora es amigo de Bego y, para complicarlo todo un poco más, Pedrito —¿o debería decir el Nuevo Pedrito?— es ahora el hijo de la Nueva Bego. ¡No lo entiende! Los acontecimientos le retrotraen de nuevo a su infancia, a la pesadilla recurrente en la que él es Pedrito y siempre se repite lo mismo sin que pueda evitarlo: se sube al pupitre de la profesora, abre la ventana y, tras vacilar un segundo, salta al vacío.

Pedrito se suicidó, no fue capaz de aguantar todo aquello, y a Carlos le inundó una enorme carga en la conciencia. Sentía lástima porque comprendía muy bien lo que había sufrido el pobre Pedrito, lo había observado más detenidamente que el resto, sabedor de lo que pasaba por su mente cada mañana al levantarse, cada vez que enfilaba el pasillo camino de la clase, cada vez que atravesaba el umbral de la puerta. Conocía de sobra la presión insoportable a la que había sido sometido y no había hecho absolutamente nada. Aquella primera noche tras el suicidio soñó que era Pedrito. La pesadilla terminaba con un chico despanzurrado en un charco de sangre sobre el suelo del colegio. Tenía el cuerpo de Pedrito, pero la cara era la suya. De aquella manera, podía ver su muerte en una película interpretada por todos los actores con los que convivía cada día. Pedrito le había sustituido para que él pudiera ver el final desde el patio de butacas. Había permitido el sacrificio de su doble en el rodaje de una forma egoísta y cobarde: si la cosa está entre tú y yo, mejor que seas tú.

Pero Carlos no solo tenía mala conciencia, también sentía una terrible angustia, una opresiva preocupación por su futuro: al desaparecer Pedrito, el último del escalafón volvía a ser él. Pensó que sin pulgón la mariquita moriría. Sin embargo, se equivocó, porque, contra todo pronóstico, el pulgón siguió protegiendo a la mariquita después de muerto. Y es que, tras lo sucedido, el colegio quedó sumido en una atmósfera de paranoia preventiva en la que todo el arrecife de coral adquirió una hipersensibilidad extrema hacia cualquier insulto, pelea o aislamiento. Por lo tanto, a los Gordos no se les ocurrió volver a hacer nada hasta que un año más tarde se marcharon por fin al instituto. Por eso, gracias al sacrificio de Pedrito, él pudo pasar sus últimos años de colegio de una forma relativamente tranquila, sin miedo ni humillaciones públicas...

Carlos se va a la cama, necesita dormir. No desea pensar más en su infancia ni en los planes raros de Bego, solo sabe que debe proteger al Nuevo Pedrito, cuidar de él para que nada le ocurra. Esta vez no se va a repetir todo aquello, no está dispuesto. La pesadilla se repite cada cierto tiempo y, últimamente, lo hace con mayor frecuencia. Esta vez va a salvar al Nuevo Pedrito y va a reparar el daño. Saldará la deuda, lo hará por Pedrito..., y por él mismo.

EL ATENTADO

Diluvia y hay atasco, una cosa siempre lleva a la otra. Quizá deberían haberlo pospuesto, pero una vez montados en el auto ya no hay marcha atrás: si lo anulan ahora tal vez no sean capaces de hacerlo. Tiene que ser hoy, han dejado el mensaje grabado y ya es tarde para arrepentirse. Llevan los cuchillos que han robado en el matadero donde trabajan cuatro de los cinco que van en el vehículo. Se sienten incómodos y agobiados en aquel diminuto habitáculo, el calor húmedo es sofocante porque el aire acondicionado no funciona y no pueden abrir las ventanillas sin mojarse. El conductor está nervioso y los malditos limpiaparabrisas no desempeñan correctamente su función: aunque se mueven con rapidez, las gomas envejecidas no despejan la molesta capa de agua en cada pasada. Para terminar de complicarlo todo, los cristales están empañados por el calor y no se ve nada por los retrovisores. El chófer se siente inseguro en medio de aquel gran atasco en el que los coches avanzan despacio, torpemente y a trompicones. La tensión es evidente, mal día para ejecutar el plan. Han tenido meses para prepararse y en las últimas semanas no ha habido ni un solo día de lluvia, también es mala suerte. Hay que tomárselo con más calma, pero eso no es fácil cuando sabes que vas a morir. Joderte la vida en un plan fallido no tiene gracia y morir haciendo el ridículo es lo peor que pueden llegar a imaginar, su peor pesadilla.

—Ve con cuidado, vamos a chocar.

—¡No veo nada! ¡Déjame tranquilo!

—¡Cuidado! —grita uno de los del asiento de detrás al ver que cambia de carril.

El conductor, sobresaltado, da un volantazo para volver a su carril y estalla.

—¡No puedo ver nada! ¡La culpa es de esta porquería de coche! ¡Yo no pedí conducir! El que crea que puede hacerlo mejor, que se ponga al volante.

—¡Basta! —grita el mayor, que es también el más robusto y el líder del grupo— Tranquilos. Ve cambiándote, es la siguiente salida.

—¡Eso intento!

Avanzan muy lentamente para encontrar un hueco y colarse en el carril de la derecha, pero está muy atascado y nadie los deja meterse; por eso, cuando llegan a la salida, no tienen otra opción que quedarse parados para no pasársela. Están en medio de la autovía, colapsando aún más el tráfico, y la gente ha perdido la paciencia hace mucho rato. Los coches de su carril empiezan a pitar con rabia.

—Va a venir la policía, es cuestión de tiempo. Nuestro plan perfecto se va a ir a la mierda. ¡Y todo por una maldita lluvia y una mierda de coche!

—Tranquilos —interrumpe de nuevo el líder—. El atasco nos favorece, la policía tardará más en llegar y tendremos más tiempo.

La idea no los tranquiliza, pero logra que dejen de protestar en voz alta. Tras esperar un eterno minuto, aguantando bocinazos sin que nadie los deje pasar, el conductor aprovecha un segundo de distracción del siguiente coche —un taxi— y se cuela con brusquedad. El taxista, que está mirando el teléfono, reacciona tarde y casi chocan. Ven como se pega a ellos mientras gesticula con vehemencia y toca el claxon de forma compulsiva, está indignado. Salen a una rotonda y el taxista se incorpora al carril central, que avanza algo más rápido. Gracias a esa maniobra logra colocarse por delante de ellos en la salida hacia el hospital. En teoría, ya debería sentirse resarcido una vez recuperada su posición; pero la cosa no queda ahí. Al poco de abandonar la rotonda, el taxista pega un frenazo. Debido a la poca visibilidad y al suelo empapado, el conductor del vehículo de los terroristas no logra frenar a tiempo y embiste al taxi por detrás. Deben llegar hasta el hospital para seguir el plan, así que, en vez de detenerse, intentan continuar; pero el taxista es más rápido y cruza su auto en medio de la calzada ¿¡Está loco!? Ahora no pueden pasar. El taxista se baja vociferando con una especie de porra o palo en la mano y se lía a golpes contra el capó del coche.

—¡Aprende a conducir, carajo!

La carretera está cortada y todos los coches que vienen detrás pitan sin parar. Los del vehículo no saben cómo actuar porque no quieren llamar la atención y lo que está pasando es lo último que desean. La idea era sumar el mayor número posible de víctimas de una forma poco vistosa, todo debía ser sencillo y discreto, esa era la parte más importante del plan... El error habitual es cometer actos demasiado llamativos en los que la intervención policial es rápida, por eso su plan era acumular todos los muertos posibles antes de que sonaran las alarmas... Cuando hay atentados, al final las noticias se convierten en un recuento de bajas; solo se presta atención a los números, como si de un marcador deportivo se tratase, y ellos desean batir todas las marcas. Pero para eso es imprescindible llegar sin llamar la atención y ese maldito taxista lo está jodiendo todo.

El taxista no para de golpear el coche y su enfado, lejos de remitir, va a más.

—¡Bajad del coche si tenéis huevos, carajo!

El insulto actúa como detonante y les hace tomar por fin la decisión de actuar. No es lo que tenían planeado, pero no queda otra: hay que poner fin a esto cuanto antes. Se bajan del coche como una manada de lobos hambrientos y se deleitan al ver como el estúpido bravucón se queda callado al descubrir los cuchillos. Aquel idiota deja por fin de gritar y retrocede asustado.

Tomás se ha levantado temprano y ha salido de casa antes de que se despertara su mujer. Carmen lo estuvo bombardeando durante la cena de ayer, presionando para traer a su madre a casa. Cada vez lo dice con menos sutileza, pero por ahora él se sigue haciendo el loco. Le ha dejado caer alguna de las excusas que ella misma puso cuando se trataba de la madre de él: demasiado trabajo, falta de intimidad, mayor atención en una residencia… A ella no le hace gracia porque es lista y sabe que son sus propios argumentos, así que se calla en vez de rebatirle. No entra al trapo, pero al poco rato vuelve con la misma cantinela como si nada. La verdad es que su suegra va empeorando y van a tener que tomar una decisión pronto. Él, a modo de indirecta, ha dejado los papeles de la residencia en la mesa del comedor, pero han desaparecido.

Fuera diluvia y está atrapado en pleno atasco. Su intención es ir a la parada de taxis del hospital y esperar tranquilamente su turno… Suena su teléfono. Aprovechando que está parado por el embotellamiento, lo mira fugazmente y ve que es su mujer. No lo coge. A los pocos segundos vuelve a sonar. Tampoco lo coge. Una tercera llamada hace que, por fin, se decida.

—¡Nunca me coges el teléfono!

—¡Estoy trabajando! —le responde irritado.

—Mi madre se viene a casa. La chica que la cuida por las noches se la ha encontrado a primera hora de la mañana desorientada en el baño. ¡A saber cuánto tiempo llevaba allí la pobre! No entiendo cómo esa chica no se ha dado cuenta de que se levantaba… La voy a despedir y me traigo a mi madre a casa.

—He llamado a la residencia esta mañana —miente—. Hoy mismo podemos ingresar a tu madre, no te preocupes.

—¡No la voy a ingresar en una puta residencia! —chilla ella perdiendo el control.

—¿Cómo que no? La ingresaremos como a mi madre. ¡En la misma residencia! Tú siempre decías que allí estaba estupendamente. Si mi madre no pudo venir a casa, la tuya tampoco.

—…

Silencio. Su mujer no se esperaba el enfrentamiento directo. Jamás había hecho algo así en todos los años que llevan casados, que son muchos; pero ya lo ha soltado, por fin, y siente una liberación tremenda.

—Lo que tú hicieras con tu madre es cosa tuya. Yo a la mía la voy a traer a casa, te guste o no —amenaza ella muy despacio mientras recobra el control—. Es más, cuando vengas esta tarde ya estará aquí. Si no quieres vivir con nosotras ya sabes lo que tienes que hacer.

—¡La casa es también mía y tu madre no va a entrar en ella!

Mira el teléfono y ve que le ha colgado. ¡Le ha colgado! ¡Hija de puta! Vuelve a mirar al aparato y en ese instante un coche se le cuela. ¡Casi choca con él! Aporrea el claxon con las dos manos, iracundo, pero el otro ya se ha metido y no puede hacer nada. Se ha colado en plan listillo, lo mismo que quieren colarle a la suegra en casa… ¡Pues no, coño, pues no! No va a ser así. En cuanto entra en la rotonda, se cambia bruscamente al carril del medio y avanza más rápidamente que el otro coche. Fuerza la incorporación y logra salir de la rotonda por delante. Una vez en la recta que sube al hospital, pisa el freno para asustarlo, pero el otro vehículo le da por detrás. ¡Le ha dado! Ese cabrón le ha golpeado y en vez de detenerse intenta esquivarlo para seguir avanzando como si nada. ¡Nada de eso! Acelera y cruza el taxi en medio de la calzada para impedir que huya. ¡Ese hijoputa se va a parar aunque no quiera! Enrabietado y colérico, saca la porra desplegable que esconde en la guantera y se baja del coche. ¡Son varios moros con batas blancas! Se acuerda de aquel otro moro que le robó el año pasado y eso termina de desatar toda su furia. Se lía a porrazos contra el capó del coche mientras los increpa. Nota que se asustan. ¡Menudos cobardes!

—¡Bajad del coche si tenéis huevos, carajo!

Entonces ve como salen todos del coche tras el insulto, y por un segundo piensa que quizá se ha equivocado. Cuando se encuentra él solo contra cinco puñales, por fin es consciente de su error. ¿Qué cojones hacen esos con semejantes cuchillos? Retrocede, desconcertado, pero lo hace demasiado tarde. Está rodeado. Gira a toda velocidad sobre sí mismo, haciendo círculos con la porra para que ninguno se acerque, pero son demasiados y él no es tan rápido. La primera cuchillada es en el costado. Se encoge, dolorido, y entonces todos se abalanzan con rabia sobre él. Lo último que piensa antes de morir es que Carmen ha vuelto a salirse con la suya: al final la suegra vivirá en su casa.

El líder del grupo terrorista está muy enfadado. Su plan brillante se está complicando. Un hospital es el lugar seguro donde nadie se espera un atentado. Además, al atacar en el propio hospital bloquean el sistema, arrebatándole a la gente el último refugio: la posibilidad de guarecerse de forma segura para curarse las heridas. Se van a hundir al ver que lo que falla es precisamente el salvavidas… A eso hay que añadirle el hecho de que atacar a personas ingresadas es mucho más fácil: viejos, enfermos, niños, embarazadas… No necesitan nada espectacular para matar a gente así, solo cuchillos. En eso son mañosos, los han formado para trabajar en el matadero y tienen mucha experiencia. Al usar solo sus propios cuchillos de faena, no se arriesgan a ser detenidos por intentar fabricar una bomba o por comprar un arma. No deben llamar la atención, por eso se han vestido con batas de médicos; así tardarán más en descubrirlos. Esa era la idea inicial: no hacer nada llamativo, sino convertirse en asesinos silenciosos para poder actuar durante el mayor tiempo posible antes de que los descubran…

Mira a su alrededor con rabia: el atasco es monumental. Su plan perfecto se ha ido a la mierda por un maldito día de lluvia y un taxista desequilibrado. Lo único bueno es que al matar a ese imbécil sus compañeros han probado la sangre y ya no se van a rajar. Los de los coches más cercanos lo han visto todo y han dejado de pitar, están asustados; pero el resto está armando una buena. El atasco llega hasta la glorieta y ya se escuchan ambulancias acercándose. ¿O son policías? ¡Lo de pasar desapercibidos ya no es posible! Este no era el plan, pero ahora ya sí que, definitivamente, es tarde para huir. Solo es posible avanzar y matar a todos los que puedan antes de caer. Tiene que animar a sus compañeros.

—¡Al hospital! Hemos tenido suerte, el taxi retrasará la llegada de los que vengan a ayudar.

Los cinco corren por la cuesta que lleva al hospital. Las batas blancas están empapadas por la lluvia y manchadas de sangre. Llaman demasiado la atención.

Observa que sus compañeros parecen desanimados. El plan ha fallado desde el principio, ya no va a salir exactamente como habían pensado; sin embargo, aún pueden hacer mucho daño. Hay que improvisar antes de volver a ceñirse al plan y hay que darse mucha prisa, lo único que realmente les ha quitado el taxista es tiempo. Hay que empezar a matar ya mismo para que los compañeros recobren la confianza. Nada más entrar en el hospital, inmoviliza a la primera chica con la que se cruza y la agarra del pelo, tirando de la cabeza hacia atrás. Con ese movimiento logra dejar el cuello libre para realizar un rápido corte de lado a lado, luego la empuja al suelo con desprecio mientras la sangre sale a borbotones. No puede ni gritar.

La gente tarda unos segundos en darse cuenta del ataque, solo un par de personas han visto claramente lo que ha pasado. Se oye un grito y una chica los señala. Aunque ese es el detonante para que por fin se den cuenta de lo que sucede, la mayoría de las personas no son capaces de reaccionar. Los otros cuatro perciben el terror y el desconcierto y se convencen de que todo va a ser fácil. Se miran para darse ánimo, asienten y dan un paso al frente, avanzando decididos hacia las personas que se encuentran en el hospital. Van a producir una masacre.

La gente empieza a correr, todos huyen hacia el fondo de la sala, donde se encuentran las escaleras. El líder avanza a toda prisa y pronto se separa del resto, perdiéndose escaleras arriba. Tiene claro su objetivo. Los otros son más lentos y se despliegan en arco instintivamente para impedir que la gente escape fuera del edificio. Una chica tropieza y cae, y uno de los terroristas se abalanza sobre ella. Solo consigue apuñalarla en las piernas porque la desdichada defiende su vida a patadas desde el suelo. En ese instante, aparece una mujer de mediana edad hecha una furia, corriendo y gritando como una posesa, y se lía a paraguazos con él. ¿¡Pero qué hace!? Retrocede ante el ímpetu de esa histérica y se cubre como puede del inesperado ataque. Ella sigue golpeando con todas sus fuerzas durante unos segundos hasta que baja la intensidad de sus golpes. Recuperado del desconcierto inicial, es capaz de agarrar el paraguas y arrancárselo de las manos a la loca. Ve que uno de sus compañeros se acerca a ayudarle. Por fin le van a dar su merecido a esa puta.

El hijo de Irene ha muerto durante la noche. Ayer avisaron que era inminente y esta vez han acertado. A pesar de eso, su marido no acudió. No ha tenido agallas ni en el último momento. Ella se ha quedado con el niño hasta el final. El dolor que le estalla dentro apenas puede contener la ira que siente. No visitar a la pobre criatura desde que empezó a empeorar es lo más cruel que ha visto en la vida. Que nadie le venga con que el padre también lo estaba pasando mal y que cada uno lo lleva a su manera. No se puede hacer algo así, joder. ¡No se puede! Deberían castigarlo con la horca, matarlo por traición, por abandono, por cobardía. Si pudiera, lo asesinaría con sus propias manos. Lo ha pensado durante esa larga noche. No teme la cárcel, ha estado en un sitio mucho peor. Su única venganza, por ahora, ha sido no decirle que su hijo ha muerto. Por eso se ha quedado en el hospital, para no ir a casa. En algún momento tendrá que pasar a recoger sus cosas, pero le va a hacer sufrir todo lo que pueda. Ha pensado en seguir mandándole al hospital a llevar la muda: como siempre se ven en la puerta del edificio, él no tiene por qué enterarse de nada. Solo la crueldad de hacerle pensar durante meses que su hijo mejora, cuando ya está muerto, es un castigo mínimamente proporcional a lo que él ha hecho. Ni eso, no hay redención posible. Está furiosa. Le va a quitar los álbumes de su hijo, incluso se va a llevar el portátil y el disco duro con todas las fotos. Luego romperá todo lo que encuentre por la casa. No le va a dejar nada, ni un recuerdo, no lo merece. Después desaparecerá de su vida sin dar más explicaciones. Ha pensado en irse a vivir a una isla desierta, puede que el mar y el sol le vengan bien.

Le acaban de decir que debe vaciar la pequeña taquilla del cuarto, va a venir otro niño. ¡Qué poca sensibilidad, joder! ¿No podían haber esperado un poco? Aunque no hay mucho que llevarse, cierra siempre su taquilla con candado desde el incidente del robo del teléfono. Abre y se limita a coger un pañuelo, las llaves de casa, el cargador del teléfono móvil y un paraguas que su marido se dejó hace meses y que nunca ha llegado a usar. El resto lo tira todo a la basura: unos pendientes de bisutería, unas gomas para el pelo, algunas medicinas… Al guardar el cargador del móvil, se acuerda del celador asqueroso. Deberían matarlo. Otro que no merece vivir. No se puede estar acosando y robando a gente que está perdiendo a familiares. ¿Qué tipo de persona hace algo así? Ahora tiene todo el tiempo del mundo y si se lo encuentra, le va a montar el espectáculo que no le montó cuando se produjo el robo. Porque fue él. Lo devolvió gracias a Dani, el padre grandullón de la niña. Justo un día después de amenazarlo a la salida de la cafetería, el teléfono apareció casualmente en su cuarto. Seguro que decidió devolver lo robado para zanjar el asunto, pero ella no lo ha perdonado. Al que te hace sufrir mientras lo estás pasando tan mal no lo perdonas nunca. Por cierto, debería despedirse de Dani, es lo menos que puede hacer… Su hija parece que está mejorando y se alegra mucho, se lo merece. Al final fue esa niña la que se quedó con el milagro… A su hijo no le tocó, no abundan. Sale del cuarto y se dirige al de Dani, pero él no está. Claro, casi es la hora del cambio de turno. Aunque su rutina ha terminado, el mundo sigue rodando. Piensa en despedirse de la niña, pero lo descarta porque no quiere que le pregunte nada. Sale con rapidez. Al pasar por la antigua habitación de su hijo, que es la primera del pasillo, mira de reojo y se emociona. Acelera el paso hacia las escaleras y baja rápidamente sin mirar atrás.

Cuando llega a la sala de entrada, ve que entran unos hombres con las batas mojadas y manchadas de rojo. Al principio cree que es una broma o una película, pero al ver cómo degüellan a una pobre chica ante sus ojos, se da cuenta de lo que ocurre. Son terroristas. ¡En un hospital! ¡Hijos de puta! La gente empieza a correr para huir por las escaleras, pero ella no se mueve. Su mirada está en otro que intenta acuchillar a una chica jovencita que se acaba de caer. La pobre se defiende como puede desde el suelo. Agarra con fuerza el paraguas y, ciega de ira, se abalanza sobre él. ¡Hijo de puta! ¡Hijo de puta! ¡Hijo de puta! Empieza a atizarle paraguazos con toda su rabia y el otro deja en paz a la chica del suelo, que logra huir. Su ímpetu le ha servido para desconcertar inicialmente al terrorista, pero ahora se da cuenta de que no va a poder con él. En un descuido, aquel tipo le arranca el paraguas de las manos y lo lanza al suelo. Cuando percibe que se acerca otro terrorista más, ya es demasiado tarde. Está perdida.

— **4** —

Daniel duerme en la silla incómoda de la habitación de su hija. La pesadilla es la de siempre: el accidente en el que perdió a su mujer y a su hijo.

Aprovechando que es fin de semana, han ido a cenar fuera con los niños. Hace buen tiempo, así que han escogido un restaurante con un pequeño jardín adyacente. Está algo alejado, pero ha merecido la pena con tal de salir de la ciudad y despejarse. La comida estaba deliciosa y al terminar sus hijos se han ido a jugar, dejándolos hablar tranquilos por una vez. Ríen y disfrutan de la sobremesa mientras alargan el postre. El pequeño ya ha cumplido los cuatro añitos y ha empezado a darles un poco de cancha, ya no necesitan estar todo el día tan pendientes de él. Antes de la cena han echado a suertes quién conduce y ha perdido su mujer, lo que le ha permitido a Daniel tomarse unas cuantas cervezas antes y durante la cena, después un *gin-tonic*. Cuando terminan, llaman a los niños y los meten en el coche. No protestan. Se llevan muy poco tiempo y a veces discuten, pero también juegan mucho. ¡Qué bien se han portado hoy! Él es el encargado de abrochar al niño a la sillita mientras su mujer se ocupa de la niña. La carretera es estrecha, oscura, y los pequeños se han quedado dormidos nada más arrancar. Estaban tan cansados… Entonces suena el teléfono de su mujer. Tiene el bolso repleto de todo tipo de objetos y no es fácil encontrar el maldito aparato. Ella lo observa de reojo, agobiada por que no para de sonar. Su mujer va mirando alternativamente a la carretera y al espejo retrovisor para comprobar que no se despiertan los niños. Finalmente, agarra el volante con una mano mientras mete la otra en el bolso y encuentra su teléfono con rapidez. Lo saca y comprueba quién es antes de colgar. Está mirando la luminosa pantalla en aquella noche oscura cuando aparece el otro coche. Él ve los faros y grita, despertando a los niños; ella reacciona tarde, más por el grito que por otra cosa, y el rápido volantazo hace que el coche se desestabilice. Al tratar de enderezarlo, se sale de la carretera. La primera vuelta de campana es horrible y dura demasiado tiempo. Luego siguen dando vueltas sin que él sea capaz de hacer nada para evitarlo.

En ese instante se despierta sobresaltado. Al igual que entonces, cuando salió del coma, ahora se encuentra de nuevo en una habitación extraña, una habitación de un hospital. Ve a su hija y vuelve totalmente a la realidad. Nunca pensó que regresaría a ese hospital, pero al poco tiempo llegó el cáncer de su niña y tuvo que hacerlo.

Necesita ir al baño a refrescarse, está empapado en sudor. Quizá el agua ayude a limpiar su mente de pesadillas. Se despide de su princesa, casi es la hora del cambio de turno y tiene muchas cosas que hacer esa mañana. Le han confirmado que su hija mejora, las palabras son cada vez más claras; si los médicos le están dando esperanzas es porque la evolución es buena.

Sus planes han vuelto a cambiar de nuevo. Cuando perdió a su mujer y a su hijo, quería morir, pero al final se recuperó. Lo hizo por su hija. Luego le pidió a Dios que le permitiera dejar de sufrir tanto. La respuesta de ese Dios cruel y burlón en el que no cree fue enviarle un cáncer mortal para quitar a su niña de en medio. Entonces, decidió suicidarse cuando ella muriera. Ahora que su hija se está curando, debe volver a hacer planes. Parece que la vida se empeña en hacer que valore lo que posee y deje de quejarse por lo perdido. Es un pelele sin capacidad de influir en lo que le acontece, solo debe adaptarse... El caso es que ahora necesita buscar trabajo de nuevo y organizar todas aquellas cosas que había dejado porque ya no eran necesarias.

Sale del baño, camino del ascensor, y llega a ver a Irene justo enfilando las escaleras. Piensa por un momento en bajar andando, pero en el último instante desecha la idea. El hijo de Irene está cada vez peor, ha escuchado rumores de que se va a morir muy pronto. Aunque no quiera, siempre le terminan llegando los asquerosos cotilleos del hospital. Pobre Irene. No le ha preguntado nada directamente, es un acuerdo tácito que establecieron ambos desde el principio: no se preguntan por la evolución de sus hijos. Inicialmente fue porque no quería contar desgracias —tampoco le ha hablado nunca del accidente—, pero más tarde ha callado por respeto: no quiere hablar de la mejoría de su hija para no herir a Irene con la comparación. Seguramente ella sabe del accidente, de la misma manera que él sabe que su hijo está muy mal. Los cotilleos están allí y los escuchas aunque no quieras; cuando se trata de desgracias, la gente habla sin parar. Pobre Irene, pobre niño...

Cuando la puerta del ascensor se abre en la planta baja, oye los gritos y ve a la gente corriendo. Tarda unos segundos en darse cuenta de lo que ocurre porque el barullo y la imagen parecen surrealistas, pero al ver que Irene se lía a paraguazos contra un tipo con sangre en la bata y un cuchillo en la mano, por fin reacciona. Irene chilla como una loca y el tipo retrocede. En ese instante ve que otro terrorista con bata blanca y cuchillo se acerca hacia ella. Irene está perdida. Debe protegerla. Al ver que cae al suelo indefensa, como un resorte arremete desesperado contra los terroristas mientras grita con todas sus fuerzas.

Los dos terroristas, que están a punto de acabar con esa loca furiosa, se giran al oír un estruendoso rugido a sus espaldas y descubren a un tipo enorme corriendo directamente hacia ellos. Va con los brazos en alto, como un oso que se prepara para atacar. En esa postura parece aún más grande y los otros, asustados por su envergadura, retroceden ligeramente. Un paso y otro y otro. El grandullón se detiene frente a ellos y mueve los brazos con fuerza. Parece que no tiene ningún plan y no quiere ponerse al alcance de sus cuchillos. Cuando se dan cuenta, se separan con el objetivo de atacarlo cada uno por un lado. El propósito es lograr darle la primera cuchillada para derribarlo y luego rematarlo en el suelo como han hecho con el taxista. El de la derecha le da un corte en un brazo y el de la izquierda aprovecha para clavarle el cuchillo en el vientre. Lo malo es que en ese instante el gigante lo agarra con fuerza y ambos caen al suelo. El otro, aprovechando que ahora el grandullón está tumbado, se dispone a acuchillarlo.

Va a terminar con él de una vez por todas. No pueden perder más tiempo en esa sala, deben volver a ajustarse al plan inicial y encargarse del trabajo que tiene encomendado cada uno.

Iñaki es el primero de la casa en despertase esa mañana. Anoche el tercer tiempo se prolongó y estuvieron de copas hasta altas horas de la madrugada. Ha dormido muy poco, pero en cuanto abre los ojos se desvela, siempre le pasa lo mismo. Mira la hora en su teléfono. Todavía es muy temprano y sus amigos dormirán toda la mañana, así que lo mejor es bajar a la calle para desayunar y despejarse. Ve el pantalón de su compañero tirado en el salón y decide tomar prestado algo de dinero. Tras rebuscar con cuidado, encuentra la cartera y saca cinco euros. «Me invita a café y bocata», piensa divertido. Cierra la cartera para devolverla rápidamente al bolsillo del pantalón, pero cuando está a punto de hacerlo, se detiene. La vuelve a abrir, saca el DNI y se lo mete por dentro del pantalón, restregándolo a fondo por delante y por detrás. En cuanto termina, lo guarda de nuevo en su sitio y sale a toda prisa, aguantando la risa como puede.

En la calle está lloviendo y en el bar de la esquina se apiñan muchos trabajadores a esas horas. Se sienta en la barra, pero nadie le hace caso. Mientras espera, su teléfono vibra, acaba de recibir el mensaje de uno de los del equipo. Está hospitalizado porque se llevó un mal golpe en el partido de ayer, parece que se trata de una fisura en una vértebra y le han dejado en observación toda la noche. También tiene el ojo derecho morado y un par de puntos en la barbilla; el muy cachondo acaba de mandar una foto muy graciosa desde la cama del hospital. Harto de esperar a que le atiendan, sale del bar. No quiere volver a casa y no está en condiciones de asistir a clase, por lo que decide acercarse al hospital para hacer algo provechoso en esa mañana desapacible. Camino de la parada del autobús, se compra una lata de cerveza y un sándwich. Aún sigue ligeramente ebrio por todo lo que bebió anoche y le va a sentar mejor la cerveza que el café. Luego corre hasta la parada porque la lluvia empieza a caer con más fuerza. Si llega a hacer bueno, se habría acercado a entrenar, pero con este tiempo… El autobús está abarrotado y el calor húmedo es insoportable. Quiere quitarse la sudadera mojada, pero no hay suficiente espacio. Aguanta como puede el lento trayecto hasta que el bus se detiene en un atasco enorme que se forma en la rotonda. Quedan unos quinientos metros para el hospital, pero ningún coche avanza ni retrocede. Parece que no van a llegar nunca, así que alza la voz para que le oiga el conductor.

—Abra la puerta. Yo me bajo aquí.

El conductor duda, pero no queda mucho para la parada y varias personas se suman a las protestas, así que finalmente abre. Iñaki sale corriendo, fuera diluvia. Mientras sube la pequeña cuesta, ve a una persona sangrando en el suelo junto a un taxi cruzado, parece un accidente. Se escuchan ambulancias, pero no van a poder llegar con el atasco. Aprieta el paso para avisar en el hospital y que saquen una camilla o algo parecido. Cuando entra, se encuentra con una imagen de película. Hay una chica degollada junto a la entrada y un tipo enorme se enfrenta a dos médicos con cuchillos en las manos. No entiende nada hasta que otra chica ensangrentada pasa gritando a su lado, intentando huir del hospital.

—¡Socorro! ¡Están acuchillando a la gente!

En ese momento, uno de los terroristas le clava el cuchillo al gigantón. El tipo le echa un par de huevos y, a pesar de tener el cuchillo clavado, agarra con fuerza al terrorista para hacer que caiga con él al suelo. El otro, aprovechando que ahora el grandullón está tumbado y tiene las manos ocupadas agarrando a su amigo del cuello, se dispone a acuchillarlo.

Iñaki echa a correr tan rápido como puede para defender al grandullón. El terrorista no lo ve venir y el impacto es brutal, uno de esos placajes espectaculares que tanto le gustan. El golpe desplaza antes el cuerpo que la cabeza del terrorista e Iñaki percibe el crujido en las cervicales. Mientras caen, tiene tiempo de pensar que es una pena que nadie lo haya grabado. El tipo ni se mueve, ha perdido el conocimiento con el placaje y al caer se escucha el tremendo golpe de su cabeza estallando contra el suelo. La sangre empieza a brotar a borbotones. Iñaki se levanta rápidamente y se gira para ver si el del cuchillo clavado necesita ayuda, pero el gigantón, que está estrangulando al cabronazo con ambas manos, parece tenerlo todo controlado. Está a punto de ahogarlo. Los ojos del terrorista van a salirse de las cuencas y tiene la cara totalmente congestionada. Aunque intenta zafarse desesperadamente, no lo logra. Finalmente deja de moverse, pero el otro no ceja en la presión hasta que se oye el crujido de la tráquea.

Iñaki, distraído observando al grandullón, no detecta que hay dos terroristas más en la sala. Ambos se dirigen hacia él con miradas feroces y cuchillos en las manos. En el último instante, siente una presencia a su espalda y se gira a tiempo de ver como el primero de ellos le lanza una puñalada. Inmediatamente, se tira al suelo y rueda sobre sí mismo para evitarla. Ha esquivado el primer ataque, pero los tiene encima.

Este par de terroristas han sido más rápidos y han tenido más suerte que los otros dos. Estaban a punto de empezar a subir por las escaleras cuando han visto el ataque de la mujer con el paraguas.

—¡Esa tía está loca!

Vacilan un instante, pero pronto ven que la situación parece controlada. El que estaba recibiendo los golpes ha sido capaz de arrancarle el paraguas de las manos y otro de sus amigos se acerca para ayudarle. Entre los dos acabarán rápido con ella. Tienen que subir, las instrucciones eran muy claras: debía dirigirse cada uno a su planta y empezar a matar sin parar. Justo cuando van a hacerlo, aparece un tipo enorme gritando y corriendo hacia sus amigos para defender a la chica. ¿Qué está pasando? ¿Hoy todo el mundo se ha vuelto loco? Lo normal es huir de la muerte, no correr hacia ella. ¿Deben ayudar o seguir el plan? Sus dos amigos se enfrentan al gigante, que bracea con energía para mantenerlos a distancia. En un momento dado, uno de ellos logra, por fin, clavarle el cuchillo. Parece que todo está controlado, pronto caerá como cayó el taxista. Sin embargo, a pesar de tener el cuchillo clavado, el tipo agarra a su amigo con fuerza y ambos caen al suelo. La cosa vuelve a tener mala pinta, pero ahora el grandote está ocupado y su otro compañero podrá clavarle el cuchillo con facilidad. En ese instante, ven a un chaval con una sudadera gris que corre a defender al gigante. «No puede ser. ¿Qué coño pasa hoy?», piensa el más alto mientras toma por fin la decisión de socorrer a sus amigos. El otro lo sigue con determinación. Todo se está yendo al infierno, pero al menos van a matar a esa panda de locos.

Los dos terroristas van directamente a por el de la sudadera gris. El más decidido intenta apuñalarlo, pero el chaval es rápido y rueda en el suelo para esquivarlo. El que iba con él llega en ese momento y entre ambos logran acorralarlo. El de la sudadera hace un par de amagos para huir, pero no lo logra. Entonces, empieza a retroceder. Va caminando lentamente hacia atrás y la pared está cada vez más cerca. Acabarán con él de una maldita vez y luego subirá cada uno a su planta para encargarse, por fin, del trabajo que tienen encomendado. Deben ceñirse al plan.

— 2 —

Vicente se dirige hacia su vehículo. Lo deja siempre en un sitio un poco apartado para ahorrarse el dinero del aparcamiento. Está diluviando, así que le ha pedido prestado el paraguas a una enfermera muy simpática. Últimamente hay un gorrilla en esa zona que pide dinero por *vigilar el coche*, pero él se ha negado a pagarle nada. Con su nueva mentalidad tranquila y dialogante, no ha querido llamarle la atención, pero tampoco está dispuesto a darle dinero a ese sinvergüenza. Lo que ha hecho es decirle que es el vigilante de seguridad y que no tiene monedas. El otro ha parecido aceptarlo, lo que no ha evitado que se siga acercando cada día a ver si cuela. Lo malo es que ayer, al terminar su jornada, Vicente encontró roto uno de los retrovisores de su coche. El gorrilla no estaba cuando ha aparcado a primera hora de la mañana, así que ha decidido acercarse de nuevo con el uniforme puesto para ver si ahora está allí. No sabe si ha sido él y quiere ver cómo reacciona. En todo caso, se ha mentalizado para no alterarse. Si ese hombre es culpable, se va a limitar a llamar diariamente a la policía para que lo echen de allí.

Sigue diluviando y parece que con la lluvia el gorrilla se ha tomado el día libre… Entonces escucha un frenazo y un golpe entre vehículos, luego un nuevo frenazo. Pese a estar en alto, desde donde se encuentra no puede ver la carretera de acceso al hospital y necesita atravesar el pequeño descampado sin pavimentar en el que está aparcado su coche. Lo malo es que el suelo está empapado y el barro le está manchando las botas, por eso avanza lentamente y con cuidado. Cuando por fin divisa la carretera desde arriba, ve un taxi cruzado en la calzada. Reconoce al taxista. El otro día estuvieron echando un pitillo cerca de la parada y el pobre hombre le contó el problema que tiene con su suegra. Le cayó bien desde el principio. Es curioso cómo a veces le cuentas cosas muy personales a un perfecto desconocido... Ahora el taxista está retrocediendo ante cinco médicos armados con cuchillos. Lo rodean rápidamente. Se intenta defender, pero le dan una puñalada y cae al suelo. Allí mismo lo cosen a puñaladas entre todos. ¡Cabrones! Luego los ve levantarse y correr hacia el hospital. Instintivamente cuenta cuántos son. Cinco y todos van armados con cuchillos. Aquello no es una simple pelea de conductores, aquello es un atentado terrorista. ¡Van camino del hospital! La policía no va a lograr llegar a tiempo con tanto atasco, él es el único que puede actuar. Ahora se alegra de tener aún escondida la pistola en el maletero. Vuelve al coche todo lo raudo y veloz que puede —ya no le importa mancharse— y saca la pistola. Comprueba que está cargada y le quita el seguro, luego vuelve corriendo al borde del pequeño promontorio desde donde puede ver todo lo que pasa. El atasco sigue y los coches hacen mucho ruido, pitando sin parar. Se oyen ambulancias a lo lejos. Ve a los cinco terroristas, que ya están a punto de entrar por la puerta principal. En ese instante se queda quieto. ¡Va a volver a hacer lo de siempre! Va a volver a actuar rápido y por instinto, a golpear antes de pensar, a arriesgar con la posibilidad de perder más de lo que gana. Por primera vez en su vida es capaz de tener ese tipo de pensamiento, de calibrar las consecuencias antes de emprender la acción en caliente. Tiene un trabajo en que le va bien y está empezando a controlar esos prontos de ira que tantas veces le han perjudicado. Ya se lo dijo aquel tipo elegante: no debe jugar mucho a la ruleta o terminará perdiendo. Llueve muchísimo y está empapado, se ha dejado el paraguas dentro del maletero al coger la pistola. Allí solo, en medio de la lluvia, lucha por tomar una decisión. Si usa esa pistola, se va a meter en un problema gordo. Su empresa de seguridad privada no permite tener armas de fuego a los empleados y él ni siquiera posee licencia. Además, a saber para qué se ha usado antes esa pistola... Puede que incluso salga a la luz lo que le ocurrió en el ejército o algunas de las barbaridades que ha hecho desde entonces. Si usa la pistola se va a meter en un lío monumental. Necesita actuar con cabeza. Solo debe retrasarse unos segundos y decir que estaba de ronda, controlando el perímetro del hospital. Nadie lo criticará si no actúa: no se puede luchar contra cinco terroristas sin más ayuda que una porra y unas esposas. La culpa no es suya, deberían haberle dado un arma de fuego. Pasan los segundos sin que tome una decisión. Si lo viera ahora aquel gilipollas del ejército... Menudo héroe de mierda está hecho... Entonces ve que se abren las puertas de un autobús que está en el atasco de la rotonda. Entre el barullo, un chico con una sudadera gris se adelanta al resto. Va corriendo hacia la puerta del hospital, directo a la boca del lobo. Detrás ve que una madre con un carrito de bebé también se adelanta al resto para no mojarse. El de la sudadera gris va a entrar antes que él, pero si baja rápido aún puede llegar antes que la madre… No. ¡Él no es un cobarde!

—A la mierda.

Esa es su frase antes de comenzar a bajar corriendo la rampa que le lleva directamente a la boca del lobo.

Se cruza con una joven ensangrentada y aprovecha para darle instrucciones. El grupo del autobús, encabezado por la chica del carrito, ya está muy cerca.

—¡Dígales que se larguen! —ordena señalándolos.

Cuando entra, ve que hay una chica degollada junto a la puerta. ¡Qué hijos de puta! La violencia que muestra el cadáver despierta su sentimiento de rabia incontenible. ¡Qué hijos de puta! Al levantar la cabeza, ve a dos de los terroristas acorralando al chaval de la sudadera. ¡Esos cabrones van a matarlo! Se acerca lleno de ira y ni siquiera intenta disuadirlos. Solo les da el grito para que se giren cuando ya los tiene totalmente a tiro.

—¡Eh!

En cuanto los terroristas se dan la vuelta, dispara hasta vaciar el cargador. Pum, pum, pum, pum, pum, pum. Los tiros hacen que todos los de la sala se queden quietos. Se gira rápidamente para dar un barrido y buscar al resto. Ve a un terrorista en el suelo con un gran charco junto a la cabeza, más allá hay otro que también parece muerto. Hay un tipo enorme sentado en el suelo con un cuchillo clavado en el estómago y una señora arrodillada a su lado intenta ayudarle… ¡Todo aquello es una locura! Al oír los gritos que vienen de la escalera, se da cuenta de que falta uno.

Los dos que ha visto en el suelo más los dos a los que
ha disparado son cuatro. Y contó cinco, está seguro.

$$-\,1\,-$$

El líder de los terroristas es el único que no se ha detenido. A pesar de que ha escuchado jaleo detrás de él y ha intuido que algunos de sus compañeros están en problemas, ha avanzado por las escaleras sin mirar atrás. Una vez dentro del hospital, cada uno debe dedicarse a lo suyo. Hay que seguir el plan y no distraerse, lo han hablado mucho. La gente sube aterrorizada, pero su plan no es perseguirlos. Va directo a la cuarta planta, que es la que le ha tocado en el sorteo. No hizo trampa, pero se alegró de que le tocara. Fue toda una suerte porque es una planta de enfermedades infantiles y seguro que sus amigos habrían tenido reparos en atacar, son menos duros que él…

Al llegar, se encuentra con una señora esperando el ascensor. La ataca con rapidez y ella apenas se resiste, no se lo esperaba. Una vez degollada, se dirige a la puerta del pasillo que da acceso a la planta. Atraviesa la entrada y descubre, con gusto, que reina una total normalidad. Los gritos de las escaleras no han llegado hasta allí y la situación parece tranquila. Avanza hasta la primera puerta y entra. Hay una cama libre y en la otra un niño. Se dirige hacia él con cara sonriente, pero el chaval ve la sangre en la bata y grita. Entonces cambia la forma en la que agarra el cuchillo para poner el filo hacia abajo. No va a ser difícil acuchillarlo en su cama, sin más ropa que el pijama del hospital. Apenas le costará matarlo. Ese era su plan desde el principio: sumar muchas muertes atacando a víctimas fáciles. A esa hora de la mañana ni siquiera hay familiares en las habitaciones, por eso han madrugado.

Carlos está apretando los tornillos de los pasamanos de la escalera principal cuando oye el alboroto.

Algo pasa, en todos los años que lleva trabajando de celador en el hospital nunca ha escuchado unos chillidos como esos. Comienza a bajar, pero una manada de gente sube desbocada por las escaleras. Aquello le recuerda a las escaleras del colegio de su infancia, cuando todos subían al comedor. La gente chilla y corre hacia arriba sin llegar a decirle lo que pasa, están aterrados. Escucha palabras sueltas: *atentado, terroristas, cuchillos*. No se entera exactamente de lo que ocurre, pero ha percibido claramente la señal y sabe que es el momento de actuar: debe proteger a Pedrito, esa es su misión. De repente lo ve claro. Esa era la idea de Bego: ponerlo en el contexto de aquella época para que restituya el daño y no permita que vuelva a triunfar la injusticia. No importa si la Nueva Bego está de su parte o no lo está, no importa que se alíe o no con el Gordo; lo único importante es que en el momento presente se repite todo aquello con asombrosa similitud y esta vez no puede permitir que muera Pedrito. La Estrategia de la Mariquita vuelve a estar presente. La mariquita se tuvo que comer al pobre pulgón para poder sobrevivir y tener la oportunidad de crecer; gracias a eso, ahora es capaz de luchar sin miedo, ya no le teme a nadie. Pueden cambiar los papeles: él puede ser el niño muerto sobre el patio del hospital, Bego puede hacerse amiga del Gordo para ponerlo a prueba e incluso puede que el pulgón ya no sea el mismo Pedrito, pero él debe cerrar el círculo y restituir el daño porque ya no es una mariquita y ahora posee fuerza suficiente para enfrentarse a cualquiera.

Mientras piensa todas estas cosas, camina apretando el paso progresivamente hasta correr hacia la habitación. Una vez allí, y viendo que todo está tranquilo, se esconde en el cuarto donde se cambian las limpiadoras. Está al principio de la galería, casi enfrente del cuarto de Pedrito, y desde allí puede vigilar. Pasan unos segundos, y cuando empieza a pensar que ha visto señales donde no las hay, aparece un hombre fornido con un enorme cuchillo en la mano y la bata ensangrentada. Ese Gordo va a abrir la puerta de Pedrito. La abre. Entra. En ese momento, el celador sale del cuarto en el que está escondido y, con su sigilo habitual, logra entrar en la habitación detrás del tipo del cuchillo sin que este se percate de su presencia. Tras atravesar la puerta, el otro permanece un segundo parado. Se oye el grito de Pedrito y el Gordo cambia la forma en la que agarra el cuchillo. Con una frialdad pasmosa, le clava el destornillador al terrorista con todas sus fuerzas. Entra hasta el mango en el lateral del cuello y el tipo se gira sorprendido. Podría atacarlo, pero por alguna razón no lo hace: de sus ojos solo sale una mirada vacía. Él aprovecha para arrancar el destornillador del cuello y lo empieza a clavar de forma compulsiva. Mientras la sangre lo salpica todo en una catarsis desenfrenada, piensa en los Gordos, en todas las humillaciones, en el miedo, la angustia y el dolor que sentía cada día cuando era pequeño. El niño de la habitación chilla de nuevo mientras el Gordo se desploma en el suelo y en ese instante Carlos se da cuenta de que la cama de Pedrito está vacía. Claro, Pedrito murió hace mucho. El niño horrorizado que ocupa la cama adyacente ni siquiera es el hijo de la Nueva Bego, pero eso ha dejado de tener importancia. Agarra el cadáver por las piernas y, utilizando todas sus fuerzas, lo arrastra hasta sacarlo del cuarto, dejando un reguero de sangre por el suelo; luego cierra la puerta. Una vez en el pasillo, se sienta junto al muerto. Pedrito ha sido vengado y ha sido él quien lo ha hecho. Desea que Bego lo vea y los Gordos sepan que se han terminado los abusos para siempre.

Epílogo

Un tiempo después.

Varios de los integrantes del equipo de rugby han finalizado la carrera y han elegido Lanzarote como destino en el viaje de fin de curso. Un sol radiante ilumina el cielo. Se han acercado a Órzola para tomar un ferri que los acerque a La Graciosa. Desde la cubierta del barco, Iñaki observa el mar embelesado; a su lado, Carlos se está embadurnando la cara con crema de factor cincuenta. No comprende por qué se ha apuntado al viaje con sus amigos, no tienen una relación tan estrecha. Desde el atentado hablan de vez en cuando, eso es cierto, y en la última conversación le comentó el plan de Lanzarote, más que nada por charlar de algo agradable e intrascendente. Fue toda una sorpresa cuando Carlos le preguntó si podía acompañarlos, parecía muy interesado en ir a Lanzarote... Él no se opuso, los del equipo están tan locos que no desentona entre ellos. Son distintos tipos de rarezas, pero los muy pirados —como los muy feos— se terminan pareciendo: esa es la teoría de Iñaki. El caso es que los del rugby le han cogido cierto cariño a ese peculiar señor que los acompaña, les divierten sus rarezas, las excentricidades son muy valoradas entre ellos. Le han puesto de mote don Charli, con una mezcla de cachondeo y respeto muy típica del equipo.

—No te olvides de echarte crema también en los brazos —apunta Iñaki con sorna.

—Sí. Soy muy blanco y me voy a quemar —responde Carlos sin notar que le está tomando el pelo.

—¡Pero qué piradito estás! —ríe Iñaki mientras le pasa el brazo por el hombro.

Carlos se siente incómodo con ese contacto corporal y lo aparta rápidamente.

—Tengo que echarme la crema.

—Ven, vamos a hablar con el capitán del barco. Le preguntaremos por la navegación y los aparatos que usa, te va a gustar.

Pasan junto a los compañeros del equipo, que están bebiendo cerveza como si no hubiera un mañana.

—Deberías ponerte crema —le sugiere Iñaki a uno de ellos mientras le guiña el ojo.

—Tienes razón. ¿Me dejas tu crema, don Charli?

—No. Me queda poca y soy muy blanco.

Todos se ríen mientras Iñaki continúa caminando con Carlos hacia la proa.

El barco está entrando en el puerto de La Graciosa. Tras atravesar la pequeña abertura del espigón que lo protege, ya se divisa la zona de atraque. Varias personas esperan la llegada de los turistas en el muelle. Iñaki y Carlos son los últimos en desembarcar y se limitan a seguir al resto hacia la playa. Cuando están llegando a la pequeña calita que hay en el puerto, Carlos se queda mirando fijamente a un puesto ambulante de abalorios jipis.

—¿Quieres comprarte una pulsera? —le pregunta Iñaki divertido.

Carlos no responde, solo se acerca directo como una flecha a la mujer que regenta el tenderete.

—No te robé el teléfono —asevera cuando está junto a ella.

La mujer parece desconcertada, intentando recordar de qué lo conoce.

—No te robé el teléfono —insiste.

Ella pone una evidente cara de desagrado. Iñaki se acerca e intercede con rapidez para que la situación no se vuelva más incómoda.

—Perdona a mi amigo. Es muy peculiar, pero es buena persona —afirma mientras le agarra del brazo para alejarlo del lugar.

—Yo no robo —repite Carlos mientras camina.

La pequeña playa del puerto está abarrotada por todos los del equipo. Han pedido cervezas en el bar más cercano y están chapoteando cerca de la orilla, formando un alboroto impresionante que altera la idílica paz del lugar. Carlos parece muy alterado e Iñaki decide esperar a que se calme un poco. Hace mucho calor y quiere darse un baño.

—Tú no te vas a bañar, ¿verdad?

—No.

Se lanza al mar violentamente, placando a uno de los compañeros que está junto a la orilla. Luego participa en la improvisada batalla de agua que se acaba de montar. Cuando, un rato después, regresa del chapuzón, Carlos se está untando más crema.

—¿Me vas a contar qué te ha pasado con esa de las pulseras?

—Es la del atentado. La del paraguas.

—¡No me jodas!

—He venido hasta aquí solo para decirle lo del teléfono.

—¿¡Cómo sabías que estaba aquí!?

—…

Carlos mira hacia abajo sin responder.

—Claro, por eso querías venir con nosotros a Lanzarote… ¿Y cómo la localizaste? ¿Por qué no me dijiste nada?

—Solo deseaba aclarar eso. Es importante que lo sepa.

Iñaki sonríe. La idea de haber sido engañado por Carlos, lejos de enfadarle, le hace bastante gracia. Es muy peculiar, pero no tiene un pelo de tonto.

Tras contarle toda la historia del teléfono, Carlos entra en un cercano bazar para buscar un gorro que lo proteja del sol. Iñaki aprovecha ese momento para acercarse a hablar con la mujer.

—Hola. Perdona por lo de antes, Carlos es un poco excéntrico, pero no es mala persona. Me ha dicho quién eres.

Ella asiente de una forma fría.

—Yo no recordaba tu cara, no sé si tú te acuerdas de mí…

—Me acuerdo —contesta lacónicamente sin devolver la mirada.

—Vale, ya veo que no te apetece hablar —responde Iñaki algo irritado ante su actitud—. Dani se llevó una cuchillada y yo me metí en un lío de cojones por salvar tu vida. Fue todo un detalle que desaparecieras sin decir nada. Les diré a los otros que te hemos visto.

Al fin, ella depone el gesto severo de su cara.

—No me gusta recordar todo aquello. No sabes nada de mi vida. Necesitaba huir, escapar de todo.

Parece tan angustiada que Iñaki piensa que se ha excedido. Cree recordar que su hijo murió…

—Tienes razón, perdona. Empecemos de nuevo.

»Soy Iñaki y me alegro de verte. Hiciste muy bien en largarte y venir a un sitio como este. Te ahorraste mucho lío… Mar, sol y cerveza, creo que podría acostumbrarme a vivir aquí.

—Yo soy Irene —sonríe levemente ella—. Me gusta esta isla. ¿Hablas con Dani a menudo?

—Tenemos un grupo de wasap con Vicente (el vigilante de seguridad del hospital) y Carlos (el celador que te ha reconocido antes). Poder hablar entre nosotros nos ayudó mucho. A Carlos y a mí nos afectó menos lo de cargarnos a esos tíos, pero los otros dos estaban traumatizados, especialmente Dani. Todo fue bastante difícil de sobrellevar: el suplicio del juicio, el agobio de la prensa…

—Hui, pero no pude evitar enterarme de lo que ocurría. La medalla y todo eso… No paraban de hablar de los héroes, todo el mundo, en todos lados. Tuve que desaparecer, después de…, no podía hacer otra cosa.

—Hicimos lo que hicimos y ya está. Nosotros no necesitábamos medallas, pero nos las dieron y las aceptamos. No pienses que todo fue bonito. Lo que pasó después fue una pesadilla que tú te ahorraste: abogados, procuradores, peritos psiquiátricos, declaraciones, juicios que tardaban demasiado... La popularidad nos ayudó a conseguir buenos abogados —se ofrecieron a defendernos de forma gratuita a cambio de la publicidad que les daba el caso— y también nos permitió cobrar algo de dinero de la televisión. Nos vendimos, eso no lo niego, pero el precio que pagamos fue muy caro: la prensa se dedicó a sacar nuestras intimidades. Cuando lo de los héroes ya no vendía, el *enfoque distinto* consistió en hacernos parecer problemáticos, locos e inadaptados. Suerte que al final se terminaron aburriendo de nosotros; la actualidad manda. Alguno todavía intenta contactarnos en los aniversarios del atentado, pero hemos decidido no hablar más.

—Me salvasteis y nunca os di las gracias como debía... No soy precisamente una heroína.

—Eso mismo dicen los otros, pero yo no estoy de acuerdo. Salvamos a mucha gente. Fuimos héroes, pero no héroes perfectos, solo héroes reales...

—Tengo una curiosidad —interrumpe Irene—: ¿Dani también es amigo de ese celador?...

—¿De Carlos?

—Sí...

—Sí. Carlos no es mala persona, salvó a muchos niños... Por cierto, él no te robó el teléfono, me ha pedido que te lo explique. Fue una de las de la limpieza...

—El robo del teléfono ya no importa, ni siquiera lo recordaba —interrumpe ella mientras hace un leve movimiento con desgana.

—Para él sí es importante. Es un poco peculiar, únicamente necesita algo de apoyo de vez en cuando. Ya te he dicho que después del atentado hemos estado los cuatro bastante unidos, el resto no comprendía por lo que estábamos pasando... Carlos se obceca a veces y yo intento calmarlo para que no se descontrole... Me cuenta sus preocupaciones, necesita hablar, yo solo trato de escuchar... Le está sentando muy bien este viaje.

—Pareces una buena persona...

Iñaki se ríe con ganas y ella lo mira sorprendida.

—Ninguno de mis amigos diría que soy una buena persona. Carlos también nos ayuda, es un fenómeno con los aparatos. Da igual que sea una lámpara, un ordenador, un móvil o una moto, el tío es capaz de arreglarlo todo...

Aparece un nuevo grupo de turistas, acaba de atracar otro barco. Varios se acercan a mirar las pulseras que vende Irene y la conversación se interrumpe.

—¿Regresáis hoy? —le pregunta ella.

—Sí. En el último de la tarde.

—Si te apetece, quedamos aquí mismo a las dos y os llevo a una playa cerca de donde vivo, os puedo ofrecer un bocadillo junto al mar.

Iñaki y Carlos pasan a buscarla a la hora convenida. Ella se dirige a Carlos en cuanto lo ve.

—Ya me ha contado Iñaki lo del teléfono. No te preocupes. Te creo.

Iñaki le dedica un imperceptible gesto de agradecimiento. Caminan juntos hacia la tienda de campaña en la que vive Irene, es un largo paseo rodeando la costa. Solo se escucha el mar y el viento. Iñaki e Irene charlan mientras pasean, Carlos se ha relajado y los acompaña unos metros más atrás.

—¿Qué sabes de Daniel? ¿Su hija se curó al final?

—Su hija está bien y saca muy buenas notas. Dani está muy orgulloso, vive por y para ella.

—¿Y el vigilante de seguridad? ¿También tienes noticias de él?

—Sí. Vicente está flipado con las carreras de montaña. No para de correr, dice que eso le ayuda. Hoy nos ha enviado una foto desde los Pirineos.

—Supongo que él también intenta olvidar y pasar página.

—Cada uno lo hace a su manera...

La tienda de campaña de Irene está situada en un recóndito entrante cobijado por palmeras. Se hace un breve silencio mientras dejan los trastos y salen con los bocadillos y las toallas.

Cuando llegan a la playa, ella se quita la ropa y se lanza al mar desnuda. Iñaki, divertido ante la inesperada situación, se gira y mira a Carlos para buscar complicidad, pero el otro está recogiendo piedras y no ha visto nada. Iñaki se encoge de hombros y se quita también toda la ropa para lanzarse al agua sin perder la sonrisa.

Al salir del mar, se envuelven en las toallas y se sientan en la arena. Carlos sigue con sus piedras.

—¿Y tú? ¿Qué haces aquí?

—Doy clases de yoga y también vendo pulseras a los turistas cuando lo necesito... Me gusta mucho todo esto —añade abarcando cuanto los rodea—. El mejor momento del día es el saludo al sol por la mañana. El sol me da la vida, me aporta la serenidad que necesito...

Iñaki permanece callado, absorto con la belleza de los acantilados de Lanzarote. Irene se enciende un porro con calma y fuma en silencio mientras la brisa del mar le seca las lágrimas.

* * *

Agradecimientos

A mi mujer. Te quiero y te admiro, Cárol, me haces muy feliz. Somos cómplices en los proyectos sensatos y en los sueños descabellados; este libro no habría sido posible sin ti.

A mis hijos. Me encanta jugar con vosotros. «La Pelea» es lo mejor de las mañanas, la muñeca de *Frozen* es aún más guapa cuando no tiene pilas...

A mis padres, mi hermano y tía Piti. Siempre estáis en mi corazón.

A Carolina Cardesín, Alejandro Cáceres y Ramón Alemán. Con vuestros consejos y correcciones habéis hecho que la novela sea mucho mejor.

A todos los que me ayudaron a documentarme, en especial a: Adolfo Leste —rugby—, Fernando Crespo —oncología infantil—, Jorge González —taxis—, Mario González —proceso penal— y Oriol Vidal —jurisprudencia—. Gracias por compartir tiempo y conocimientos. Si hay algún error, es únicamente culpa mía.

A Belén Edreira, Carlos Sampedro, Iván Vázquez, Peyo Ravina y Jesús Gómez. Vuestras anécdotas y opiniones fueron muy valiosas.

A Javier Ruiz. La cubierta me encanta. Eres un artista.

Para terminar, quiero dedicar un agradecimiento especial a todos los que me apoyaron con mi primera novela: *Como el que tiene un huerto de tomates*. Es un honor haber podido dejar un pequeño recuerdo a través de mis palabras.

Otras obras del mismo autor

➢ *Como el que tiene un huerto de tomates.*

Contacto directo con el autor

Estimado lector, si lo desea, puede expresar sus críticas, consultas y sugerencias a través de cualquiera de las siguientes vías:

Email:

comoelquetiene@hotmail.com

Facebook:

Como el que tiene un huerto de tomates

Blog:

https://comoelquetieneunhuertodetomates.wordpress.com